YOL [Türkisch] bedeutet:

die Reise
der Weg
die Route
der Ausweg
der Durchgang
die Lösung

YOL — Der Weg ins Exil.

Das Buch.

Meine Begegnung mit
Yılmaz Güney und
die Herstellung des Films
YOL 1980 – 1984

Edi Hubschmid

UMUT EDITIONS

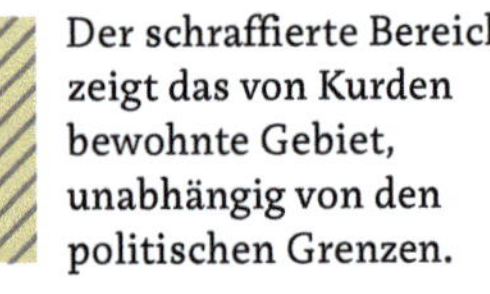

Der schraffierte Bereich zeigt das von Kurden bewohnte Gebiet, unabhängig von den politischen Grenzen.

Vorwort

Xavier Koller

Yılmaz Güney habe ich persönlich nie kennengelernt. SÜRÜ war meine erste Begegnung mit ihm, über die Leinwand. Dessen starke Bilder blieben in meinem Gedächtnis hängen. Da war ein starker, kluger Kopf am Werk, dachte ich mir. Cactus Film hatte den Film damals in der Schweiz in die Kinos gebracht. Als ich später erfuhr, dass der Urheber des Films, Yılmaz Güney, im Gefängnis saß und Zeki Ökten den Film nach seinen Anweisungen gedreht hatte, war mein Interesse an Güney vollkommen erwacht. Wer war dieser Mann? Wie war es möglich, einen derart starken Film aus der Gefangenschaft heraus zu kreieren und zu kontrollieren? Wie schuf er die Voraussetzungen, um dies möglich zu machen? Wo kam dieser Güney her? Was war seine Vergangenheit? Was war sein Verbrechen, für welches er neunzehn Jahre im Knast sitzen sollte? Wer waren seine Verbündeten, seine kreativen Mitarbeiter, denen er das Vertrauen gab, diesen Film zu drehen? Viel konnte ich damals noch nicht in Erfahrung bringen, denn Publikationen in deutscher Sprache fanden sich noch nicht.

Dann kam YOL. Gedreht von Şerif Gören. Dieser Film hatte mich noch stärker reingenommen als SÜRÜ! Nachdem YOL Cannes gewonnen hatte, gab es einige Informationen über Güney. Es wurde bekannt, dass Güney «Bayram», das Opferfest, für welches die Gefangenen für einige Tage ihre Familien besuchen durften, wie in YOL dargestellt, für seine eigene Flucht aus dem Gefängnis reproduziert hatte. Genial! Diese Geschichte über Güneys persönliche YOL (Reise) ins Exil erzählt Edi Hubschmid in seinem Buch ausführlich und eindrücklich. Er macht einsehbar, mit welchem kreativen Kalkül Güney arbeitete, mit welcher schöpferischen Kraft er die ihm aufgebrummte Strafe erduldete. Wie er YOL, den Film, strategisch nutzte (meine persönliche Einschätzung), um sich ein Leben außerhalb der Gefängnismauern zu sichern. Sein früher Tod nach DUVAR (DIE MAUER, LE MUR) gab mir den Gedanken, er müsse sich gesagt haben: Lieber in Freiheit sterben, als in Gefangenschaft verenden.

1989, bei den Vorbereitungen zu meinem Film REISE DER HOFF-NUNG, vermittelte Edi Hubschmid uns Kontakte in Istanbul. Er selbst konnte noch nicht in die Türkei reisen, denn YOL war dort noch verboten. Unter anderen trafen wir Şerif Gören, Tuncay Akça – und – vor allem Necmettin Çobanoğlu, den späteren Hauptdarsteller meines Films. Ihn hatte ich entdeckt, als ich mir YOL im Hinblick auf mögliche Darsteller nochmals mehrmals anschaute. Şerif sagte mir dann, er habe bei YOL primär gar nicht als Schauspieler gearbeitet, sondern als Aufnahmeleiter. Nur weil der für die Rolle vorgesehene Darsteller nicht zum Dreh kam, wies Şerif Necmettin an, als Schauspieler einzuspringen. Eine für mich glückliche Fügung, wie sich zeigte.

Şerif Gören, Feride Çiçekoğlu und ich saßen einige Tage in einem Hotel in Alanya, welches Ferides Ehemann Zafer als Architekt entworfen hatte, sprachen über mein Treatment und arbeiteten an der Struktur des möglichen Drehbuches. Da mir die türkische Kultur fremd war, bat ich Şerif, die Sequenzen, welche in der Türkei spielten, zu drehen, während ich den restlichen Teil in Italien und der Schweiz betreuen würde. Er war einverstanden.

Ich habe Şerif mit Fragen über Güney gelöchert, aber er war immer sehr zurückhaltend in seinen Äußerungen. Kurz vor unserem Dreh habe ich dann rausgefunden, warum. Şerif war frustriert und sauer auf Güney. Er habe ihn, Şerif, und seine Arbeit an YOL kaum gewürdigt, sondern sich alle Lorbeeren auf den eigenen Kopf gesetzt. Als Folge davon stellte mir Şerif ein Ultimatum: «Entweder mache ich den ganzen Film, oder ich steige aus. Ich will nicht, dass mir dasselbe nochmals passiert!»

Nun war ich echt in der Klemme, moralisch wie rechtlich. Die Produktion war, basierend auf meinem Treatment und mit meinem Namen als verantwortlicher Regisseur finanziert. Darum konnte ich leider Şerif den Film nicht überlassen und war gezwungen, mein Ideal aufzugeben, in den sauren Apfel zu beißen und in einer Sprache zu drehen, die mir fremd war. Schade für Şerif, ich hätte auch ihm den nicht erwarteten Erfolg gegönnt. Dadurch hat Yılmaz Güney Jahre nach seinem Tod auch meine Arbeit und mein Leben massiv beeinflusst.

von links nach rechts:
Alfi Sinniger, Xavier Koller,
Peter-Christian Fueter,
Dustin Hoffmann.

Standfoto YOL: an Gefangene wird Post verteilt.

Vorspann

Edi Hubschmid, im März 2017

Als noch junger Filmproduzent war ich in den Jahren 1980 und 1981 öfters in der Türkei unterwegs und durch die Koproduktion mit der Güney-Film Istanbul in Kontakt mit der türkischen Filmszene – insbesondere mit Yılmaz Güney, der zu jener Zeit im Gefängnis von Isparta saß. Wie schon bei SÜRÜ (1978) und DÜŞMAN (1979) entwickelte Yılmaz Güney ein ausgeklügeltes System, um aus dem Gefängnis heraus Filme zu realisieren. Beim Projekt YOL planten wir von Beginn weg eine intensive Zusammenarbeit. Nach der Fertigstellung des Films wurde dieser für elf Jahre in der Türkei auf den Index gesetzt und verboten. Es war für mich daher nicht ratsam, sofort wieder in die Türkei zu reisen.

Unsere damals junge Firma Cactus Film AG, eine Kooperative, die aus der Aufspaltung des Filmkollektivs Zürich 1979 entstanden war, strebte zu der Zeit ein kompromissloses Engagement für den Kinoautorenfilm an.

Auch wenn uns als Schweizer Firma der heimische Film natürlich am Herzen lag, versuchten wir auch über die Sprach- und Landesgrenzen hinweg tätig zu sein. So galt innerhalb der damaligen linken Filmszene unser Hauptinteresse denn auch jenen Filmautoren, die politisch wie gesellschaftlich relevante Themen realisierten. Dieser kulturelle Austausch wurde bewusst gesucht. Die Solidarität, die dabei entstand, entsprach unserem inhaltlichen Credo.

Es sind drei Motive, die mich veranlasst haben, die folgenden Aufzeichnungen, Fotografien und Dokumente in diesem Foto-Erzählband zusammenzufassen:

1. Meine persönlichen Erinnerungen an einen außerordentlichen Künstler, der mich mit seiner unbändigen Schaffenskraft und seiner mutigen Haltung sehr beeindruckt hat. Ich bin noch immer traurig, dass er so früh von uns gehen musste. Im Jahr 2017 wäre Yılmaz achtzig Jahre alt geworden.

2. Ich möchte aufzeigen, welches Kreativpotenzial Yılmaz Güney besaß und wie es ihm möglich war, aus dem Gefängnis heraus Filme herzustellen. Es ist auch ein Versuch, einen Blick hinter die Kulissen der Filmproduktion und der «Gefängnismauern des Exils» zu werfen.

3. Ich erzähle die wahre Geschichte meiner Begegnung mit Yılmaz Güney. Es ranken sich viele Legenden um sein Leben, vor allem in der Türkei. Auch wenn unsere Geschichte vor zweiunddreißig Jahren geschrieben wurde, hat sie doch an Aktualität nichts eingebüßt. Yılmaz Güney hat sich nicht nur mit seinen Filmen ausgedrückt, sondern auch in seinen Schriften und Reden. So ist sein zehnseitiger Beitrag im Presseheft des Filmes YOL noch immer aktuell und brisant (S. 214). Ich kann nur von jenen Gegebenheiten berichten, an denen ich selbst zugegen war (1979–1984). Ich besaß immer zwei Fotoarchiv-Schachteln mit verschiedensten Dokumenten und Fotos. Doch dann fand ich auch meine Agenden aus den Jahren 1981 und 1982. Auch wenn dort kein Tagebuch zu finden war, so konnte ich doch einige Daten verifizieren.

Was nach 1984 geschah, kenne ich nur bruchstückhaft. Auf der Website www.yol-the-book.com werden zusätzliche Dokumente, Fotos und Videos bereitgestellt, die einesteils aus jener Zeit stammen und spezielle, produktionelle Aspekte beleuchten (ohne Anspruch auf Vollständigkeit) und andererseits auch die Frage nach der Zeit danach stellen: Was geschah danach?

Über Yılmaz Güney sind keine Bücher auf Deutsch erhältlich. Es existiert einzig die Publikation des «buntbuch-verlags, hamburg», (1980), das Drehbuch von SÜRÜ. Von den zahlreichen Publikationen in türkischer Sprache kenne ich die bedeutendsten. Diese habe ich mir

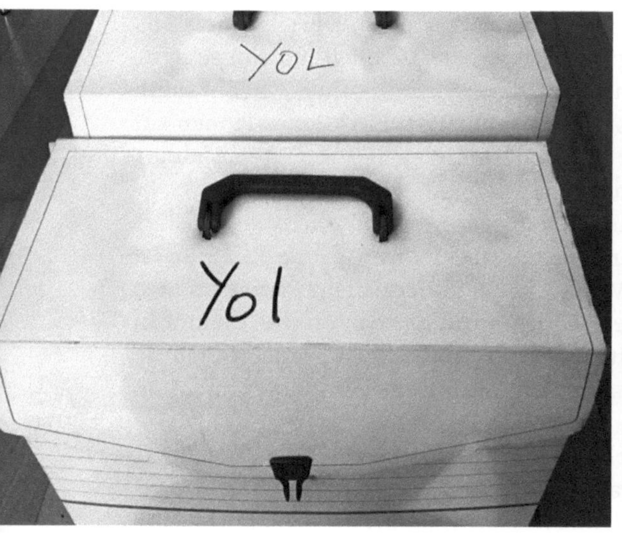

auch partiell übersetzen lassen. Da Yılmaz Güney in der Türkei einen Mythos darstellt, enthalten die Veröffentlichungen einige Fehler, die darauf zurückzuführen sind, dass die Autoren der angesprochenen Publikationen das Werk und das Wirken von Yılmaz Güney auf eine Weise interpretieren, die eher vom Hörensagen her stammt als von der tatsächlichen Faktenlage. Sollte sich bei der geneigten Leserschaft ein über den Rahmen dieses Buches hinausgehendes Interesse für diesen kurdisch-stämmigen Filmemacher aus der Türkei und seine Werke einstellen, so verweise ich auf die zahlreichen Materialien im World Wide Web. Meine Hoffnung ist es, dass die Güney Film Istanbul durch dieses Buch zusätzlich motiviert wird, das filmische Erbe technisch sowie organisatorisch in der Art zu pflegen, wie es für einen großen Künstler angemessen ist. So ist es wichtig, dass die Negative der Filme erhalten bleiben und dass bald neue DVDs mit dem Vorzug digital restaurierter Fassungen wieder erhältlich sein werden (inklusive verschiedener Untertitelversionen).

Die Produktion von YOL fand in einer Zeit statt, in der es keine portablen Telefone oder Computer gab, wie wir sie heute kennen. Auch hatten wir nicht immer eine Kamera dabei, und so sind relativ wenig eigene Aufnahmen entstanden. Trotzdem habe ich die Form des Bilderbuchs gewählt, in dem ich auf sogenannte Symbolbilder zurückgreife. Die Herstellung eines Filmes untersteht im Prinzip immer dem gleichen Vorgang. Filmschaffende aus verschiedensten Sprach- und Kulturregionen sind in der Lage, problemlos zusammenzuarbeiten, falls einerseits eine gemeinsame handwerkliche Basis besteht und andererseits der Leitfaden für die Ausführung dieses Handwerks – sprich das Drehbuch – in einer Sprache zugänglich ist, die alle verstehen. Dies ist meistens Englisch. Es geht aber auch ganz ohne Worte, nämlich mit Körpersprache. So hat auch Yılmaz Güney mit der Schweizer Cutterin Elizabeth Waelchli häufig bloß über Gesten kommuniziert: Ein kleines Tippen auf die Schulter, ein vielsagender Blick oder dergleichen genügten, sich untereinander verständlich zu machen.

Auf der ganzen Welt entstehen unter unterschiedlichsten Umständen und Einflussfaktoren sehr viele unterschiedliche Filme. Ein Film ist denn auch wie eine Tomate: Man sieht der Tomate nicht an, wie und wo sie gewachsen ist. Beim Essen jedoch wird spürbar, ob die Tomate in Hydrokultur oder in der Muttererde mit Sonnenlicht gezüchtet wurde. Bei der Filmproduktion ist es ähnlich: Man sieht den Filmen nicht an, wie sie entstanden sind.

Wie vielen anderen erscheint auch mir manchmal die aktuelle Situation auf Mutter Erde derart chaotisch, ungerecht und brutal, dass man kaum noch Hoffnung auf eine bessere Zukunft hegen kann. So sind zum Beispiel die jüngsten Entwicklungen in der Türkei sehr besorgniserregend, sodass man sich in die Jahre um 1980 zurückversetzt fühlt.

Gerade uns, den nun pensionierten 68ern, kommt es vor, als erwache die Zeit von damals wieder. Am 12. September 1980 putschte das Militär den damaligen Ministerpräsidenten und installierte eine äußerst repressive Diktatur. Auch heute sind die Gefängnisse wieder übervoll. Jeder in der Türkei, der sich zurzeit frei und bereits harmlos kritisch äußert, wird verhaftet. Die Repression geht sogar so weit, dass die türkischen Konsulate und die Botschaften alles verfolgen, was über das Land gesagt oder geschrieben wird.

Nicht selten trifft dann eine Klage bei den Betroffenen ein, die vom Mann aus dem Regierungsgebäude mit den tausend Zimmern in Ankara veranlasst wurde. Es existiert mittlerweile so etwas wie eine «Gesinnungskriminalität» in der Türkei. Wer verhaftet wird, weiß meist nicht einmal, mit wie vielen Klagen er bereits eingedeckt wurde. So wie die Regierungsgeschäfte im Ak Saray (Weißen Haus) aktuell geführt werden, besteht die Gefahr, dass die türkische Bevölkerung wie Sandstein an Schleifpapier aufgerieben wird und in verfeindete Gruppen zerfällt.

Ich sitze hier in meiner komfortablen Wohnung in Zürich, in dieser schönen und geordneten Schweiz. Ein Land, das Ruhe und Frieden ausstrahlt, jedoch täglich darum ringt, die direkte Demokratie wirklich zu leben. Zudem sucht mein Land immer noch seinen Platz in Europa und kann sich weder dafür noch dagegen entscheiden.

Viele Schweizer meiner Generation halten vom Klischee der sauberen weißen Weste der Schweiz überhaupt nichts. Und der Mythos von «Wilhelm Tell» und vom «Rütlischwur» als fiktivem Staatsgründungsakt von 1291 ist nichts anderes als verstaubtes Legendentum, das bestenfalls der Tourismuswerbung dient. Die rechtskonservativen Kreise in der Schweiz können es nicht lassen, diese mythisch verklärte Staatswerdung ständig wiederzukäuen. Ganz bewusst vergessen diese Kreise, dass die heutige Schweiz erst seit 1848 mit der ersten Verfassung (vom Staatenbund zum Bundesstaat) existiert. Die gleichen konservativen Eliten begeben sich in die Türkei, um dort das Jubiläum der Installation des von der Schweizer Gesetzgebung kopierten Zivilgesetzes (ZGB) zu feiern. Bei dieser Feier im Jahr 2006 in Ankara hatte der damalige Bundesrat Christoph Blocher ganz vergessen zu fragen, ob diese Gesetze in der heutigen Türkei überhaupt Anwendung finden.

Offen gestanden beschämt es mich, dass die Schweiz dermaßen viele Chancen seit Kriegsende 1945 verpasst hat. Diese Überheblichkeit, die verhinderte, freiwillig und aus Überzeugung klare Positionen zu beziehen und Akzente zu setzen. Der Druck von außen hatte jeweils derart stark aufgebaut werden müssen, bis die Schweiz unter Zwang einige

Verfehlungen eingestand und ihre Gesetze änderte. Die Analyse der Historiker wurde erst im Jahr 2002 im sog. Bergier-Bericht veröffentlicht. Darin wurden u. a. folgende Themen behandelt: Nazi-Gold-Affäre, nachrichtenlose Vermögen, Bankgeheimnis, Plattform und Drehscheibe für das organisierte Verbrechen, Steuerhinterziehung, Flüchtlings- und Asylpolitik, die «Boot-ist-voll»-Mentalität, Waffenexporte.

In den 1970er- und 1980er-Jahren wurden viele Schweizer Filmschaffende als «Nestbeschmutzer» bezeichnet. So entstanden zum Beispiel bei den Filmen DIE ERSCHIESSUNG DES LANDESVERRÄTERS ERNST S. von Richard Dindo oder DAS BOOT IST VOLL von Markus Imhoof unsägliche Diskussionen, die öfters auch zu parlamentarischen Vorstößen führten, mit dem Ziel, die Gelder der Filmförderung zu kürzen. In Zürich zum Beispiel verweigerte der zuständige Regierungsrat Alfred Gilgen, Leiter der Erziehungsdirektion (1971–1995), öfters eine Preis-Auszeichnung eines Zürcher Filmes, so dass die Filmschaffenden Geld sammelten, um dem nicht prämierten Filmemacher einen «Trostpreis» überreichen zu können.

Ich erwähne diese schweizerischen Vorgänge, weil ich mich frage, wie lange es wohl braucht, bis die Türkei den Prozess der Vergangenheitsbewältigung beginnen wird. In Anbetracht der aktuellen politischen Situation erscheint dies für den Moment unmöglich zu sein.

Für den Film YOL war es damals unmöglich, einen schweizerischen Beitrag aus der Filmförderung zu beantragen. Ein Co-Produktions-Abkommen mit der Türkei gab und gibt es auch heute nicht.

Enttäuscht aber keineswegs überrascht waren wir damals, als klar wurde, dass ein Asyl-Gesuch für Yılmaz Güney und seine Familie in der Schweiz keine Chance hatte, so dass wir mein Heimatland sehr bald verlassen mussten.

Mir ist bewusst, dass auf der ganzen Welt viele Menschen Repression und Gewalt ausgesetzt sind. Was Yılmaz Güney erlebte, haben viele Menschen auch bitter erfahren müssen. Und leider findet derlei Übel weiterhin tagtäglich in zahlreichen Brennpunkten auf dem Globus statt. Allen Opfern dieser Unterdrückung und Ausgrenzung ist dieses Buch auch gewidmet und soll als Erinnerung und Mahnmal dienen. Yılmaz Güney wäre damit sicher mit mir einverstanden gewesen.

Wie erwähnt erzählt dieser Band die Ereignisse von 1980–1984. In einem zweiten Buch werde ich die Fortsetzung schreiben unter dem Titel: Was geschah danach? Mit den Menschen, den Firmen und dem Film YOL.

Abflug und Ankunft

Oktober 1981

Yılmaz Güney und Edi Hubschmid.

Am Vormittag des 14. Oktober 1981 standen Yılmaz Güney und ich an einem Abfluggate im Flughafen von Athen. Die Air-France-Maschine stand bereit, und ohne uns die innere Aufregung anmerken zu lassen, bestiegen wir das Flugzeug. Unser Reiseziel war Paris.

Nachdem wir auf unseren Sitzen Platz genommen hatten, vertieften wir uns sogleich in die bereitgelegten Magazine. Wir sprachen nur das Nötigste. Mit großer Erleichterung spürten wir dann, wie wir beim Start in die Sitze gedrückt wurden. Nun gab es kein Zurück mehr …

Beinahe zur gleichen Zeit stand Fatoş Güney mit ihrem Sohn Yılmaz junior in der Nähe der Passkontrolle des Flughafens von Istanbul. Kerim Puldi hatte sie soeben zum Flughafen gefahren. Ihr war die Aufregung deutlich anzusehen. Sie hatte drei Tickets erster Klasse für einen Flug nach Zürich in ihrer Handtasche – für sich, ihren eigenen Sohn und Elif, ihre Stieftochter. Doch Elif war nicht am ausgemachten Treffpunkt in der Stadt erschienen, wo sie Fatoş hätte abholen sollen, um gemeinsam zum Flughafen zu fahren.

Die Zeit bis zum Abflug drängte, Fatoş' Aufregung wurde immer größer. Und als Elif auch beim letzten Aufruf für die Swissair-Maschine mit Destination Zürich immer noch nicht aufgetaucht war, übergab sie Kerim Elifs Ticket, zusammen mit allem Bargeld in türkischer Lira, das sie noch auf sich trug, und beauftragte ihn, sicherzustellen, dass das Mädchen so schnell wie möglich nach Zürich nachkommen würde. Dann drehte sie sich um und verschwand mit Yılmaz junior an der Hand in der Passkontrolle.

Fatoş und Yılmaz junior wurden in Zürich von Donat Keusch und Nihat Behram abgeholt. Die Begrüßung war herzlich. Die Frage nach dem Verbleib von Tochter Elif wurde auf dem Weg in Donats Wohnung ausführlich besprochen. Bereits aber hatte Nihat von Kerim aus Istanbul telefonisch die Auskunft erhalten, dass Elif die nächste Maschine nach Zürich besteigen würde. In ihrem Pass habe zum Ausreisevisum zwar noch die Unterschrift ihrer leiblichen Mutter gefehlt, doch nun sei auch diese Hürde genommen und der Flug bestätigt.

In Donats und Eliane Stutterheims gemeinsamer Wohnung war aber noch keine Erleichterung zu spüren. Denn Fatoş war nicht nur um Elifs Wohlbefinden, sondern auch um das ihres Mannes besorgt, der sich auf dem Weg nach Paris befand. Sie rief sogleich bei Marie-Christine Malbert in der französischen Metropole an, um zu erfahren, ob Yılmaz dort bereits gut angekommen sei, doch hörte sie am anderen Ende der Leitung bloß die Stimme des Anrufbeantworters.

Yılmaz und ich saßen zu der Zeit im Taxi vom Flughafen Charles de Gaulle in Richtung Innenstadt. Ziel war die 3, Rue de l'Agent Bailly, die Wohnung von Marie-Christine. Diese war jedoch nicht zu Hause, und so nahmen wir den Wohnungsschlüssel unter der Türmatte hervor, auch wenn auf dem Abtreter sinnigerweise Gegenteiliges zu lesen war: «Der Wohnungsschlüssel befindet sich nicht unter dieser Matte!»

Kaum in die Wohnung getreten, telefonierte ich nach Zürich, wo Eliane abnahm. Ich übergab Yılmaz sofort den Hörer, damit er mit Fatoş am anderen Ende der Leitung sprechen konnte. Sie redeten untereinan-

der türkisch. Die Erleichterung, dass alles gut gegangen war, war groß. Anschließend sprachen wir mit Nihat und vereinbarten für den folgenden Tag ein Treffen in Marseille. Danach ging ich am nahen Markt Lebensmittel einkaufen.

Am nächsten Tag standen wir alle zusammen vor dem Hauptgebäude des Polizeikommissariats in Marseille:

Yılmaz Güney und seine Frau Fatoş, Nihat Behram und ich. Yılmaz fragte Nihat, der auch mit Fatoş wie vereinbart von Zürich in die französische Hafenstadt gereist war, nach Passbildern. Doch er hatte keine dabei, weswegen wir zuerst ein Fotostudio aufsuchen mussten, um die entsprechenden Bilder herstellen zu lassen. Daraufhin erst betraten wir das Kommissariat.

Ich ging voraus und zeigte dem Polizisten an der Rezeption die Visitenkarte, worauf umgehend ein ziviler Beamter herbeigerufen wurde, der die Familie Güney in ein Büro führte. Nihat wartete draußen, während ich als Dolmetscher beigezogen wurde. Zwar sprach ich kein Türkisch, doch mit Yılmaz und Fatoş verständigte ich mich in einem rudimentären Englisch und übersetzte für den Polizisten auf dieser Sprachbasis alles ins Französische. Bereits nach einer Stunde standen wir wieder draußen vor den Toren des Polizeigebäudes. Die Familie Güney hielt die benötigten und soeben erstellten französischen Cartes de séjour in den Händen! Wir fühlten uns alle wie in einem Traum, denn so langsam reali-

sierten wir, was das alles zu bedeuten hatte: Yılmaz war frei, mit seiner Familie vereint … schon bald aber wieder in einem neuen Gefängnis. Oblag es fortan mir, als sein «Gefängniswärter» zu agieren?

Fatoş und Nihat flogen noch am selben Tag zurück in die Limmatstadt, während Yılmaz und ich den nächsten Zug nach Zürich bestiegen. Denn mit Yılmaz und «seiner» Schweizer Identitätskarte die Passkontrolle am Flughafen von Zürich zu durchlaufen, erschien uns zu riskant. Eine Einschätzung, die sich später als richtig herausstellen sollte. Stattdessen wollten wir in Genf die Schweizer Grenze unauffällig als normale Touristen passieren, um uns später in der Wohnung von Donat und Eliane in Zürich wiederzutreffen.

Auf der langen Bahnfahrt hatten wir genügend Zeit, uns zu sammeln, ein bisschen zu schlafen, zu essen und die letzten Tage Revue passieren zu lassen. Alles war dermaßen schnell gegangen. Jeder von uns erwähnte ein Detail der Ereignisse, das dem anderen gar nicht aufgefallen war.

Yılmaz Güney

Yılmaz und ich waren uns ein Jahr davor nicht nur unter speziellen Umständen begegnet, sondern wir waren auch sehr unterschiedlicher Herkunft. Zudem war ich zehn Jahre jünger und deshalb von seinem Erfahrungsschatz gleichsam sehr beeindruckt wie fasziniert. Yılmaz war ein sehr angenehmer Gesprächspartner. Er redete ruhig und bedacht. Unsere simple englische Sprache brachte uns zuweilen zum Lachen. Oft halfen nur noch einfache Gesten, wenn uns der passende Ausdruck nicht einfiel.

Von seiner äußeren Erscheinung her war Yılmaz von feingliedriger Statur und wirkte elegant, ohne dass ihm Allüren anzumerken gewesen wären. Seine Persönlichkeit beeindruckte mich.

Doch seine und unsere Geschichte begann viel früher – in der Türkei … in einem Gefängnis. Doch ganz zu Beginn war ich gar nicht dabei …

Yılmaz Güney — Werdegang bis 1979

Es war einmal... ein berühmter Schauspieler in der Türkei...

Yılmaz Güney (im Bild mit seiner Mutter), dessen bürgerlicher Name Yılmaz Pütün lautete, wurde am 1. April 1937 in einem Dorf in der Nähe von Adana in der Südtürkei geboren. Seine kurdischen Eltern haben sich in Adana kennengelernt, und sie lebten zu Beginn in einfachen, bäuerlichen Verhältnissen. Von seiner Kindheit hatte Yılmaz viele schöne Erinnerungen, denn seine Mutter war eine ausgezeichnete Erzählerin. Abends, nach getaner Arbeit, konnte sie der ganzen Familie lange und spannende Geschichten erzählen. Diese Abende waren so speziell, dass auch die halbe Nachbarschaft in der Stube Platz hatte. Zudem spielte sein Vater ein Instrument, so dass auch oft kurdische Lieder gesungen wurden. Später wurde sein Vater mit fünfunddreißig Jahren Verwalter und rechte Hand eines Gutsbesitzers, und Yılmaz erkannte schnell, dass es in seinem Dorf zwei Klassen von Menschen gab. Mit vierzehn Jahren verließ Yılmaz sein Heimatdorf und besuchte in Adana das Gymnasium. Seine Absicht war es zuerst, Schriftsteller zu werden. Nach der Hochschulreife studierte er an den Universitäten in Ankara

Yılmaz Güney

und Istanbul Recht und Ökonomie. Nach zwei Jahren quittierte er die Hochschule jedoch ohne Abschluss, denn es fand sich dort kein Platz für marxistische Ideen, denen er nachhing. Zufällig fand er eine Anstellung bei einer Firma, die Filme reparierte. So lernte er als Filmvorführer das türkische, amerikanische und europäische Filmschaffen kennen. Oft wurde er für drei Monate mit zwei bis drei Filmen im Gepäck in entlegene Provinzen geschickt. Bald schon kannte er die Filme in- und auswendig. Darüber hinaus beobachtete er die Reaktionen der Zuschauer sehr genau und wusste so schon bald, an welchen Stellen sie lachen oder weinen würden. Stark berührten ihn Filme wie VIVA ZAPATA und «GONE WITH THE WIND» (Vom Winde verweht).

Wenig später begann ihn die Schauspielerei zu interessieren. Sein erstes Vorbild war Burt Lancaster, später liebte er das Spiel und das Aussehen von Jack Palance. Ab 1958 spielte er in unzähligen sehr populären Produktionen mit. Dabei lernte er die Filmszene Istanbuls bestens kennen, die von Produzenten, Kinobesitzern und Filmstars beherrscht

wurde. Wie in anderen Ländern auch war dieser Geschäftszweig von mafiösen Strukturen durchzogen. Doch Yılmaz wusste sich zu helfen, denn allmählich begriff er die Mechanismen in der Branche und begann das Spiel, das dort gespielt wurde, gekonnt mitzuspielen – auch wenn dies zuweilen auf Kosten seiner Gesundheit und seiner Ehre ging. Dafür wurde eine ganze Reihe von Leuten durch seine Filme reich.

Insgesamt spielte Yılmaz Güney in mehr als hundert Produktionen als Hauptdarsteller mit. Im Jahr 1965 drehte er 27 Filme, in denen er allesamt die Hauptrolle bekleidete. In jener Zeit erhielt er aus mir damals unerklärlichen Gründen den Übernamen «Çirkin Kral» («Der hässliche König», «The Ugly King»). Seine Figuren eroberten bald die Herzen der zahlreichen Kinogänger. In der Türkei erreichte er dadurch einen Bekanntheitsgrad vergleichbar mit dem Jean-Paul Belmondos in Frankreich oder jenem von Marcello Mastroianni in Italien.

Er übernahm auch Hauptrollen in Filmen, die im traditionell türkischen Milieu spielten. Und immer wieder auch solche als Gangster und

Mafioso. «The Ugly King» stellte oft Banditen dar, die ähnlich wie «Robin Hood» ihre Beute unter den Armen verteilten. Yılmaz spielte auch in zahlreichen Tragödien mit, in denen es oftmals um nichts Geringeres ging als um die Frage über Leben und Tod.

Darüber hinaus begann er auch sehr früh zu schreiben, zunächst Erzählungen, später Romane.

Da er in seinen Schriften keinen Hehl aus seiner marxistischen Gesinnung machte, bekam er immer wieder Schwierigkeiten mit den türkischen Behörden. Bald schon wurde er wegen seiner Geisteshaltung denn auch zu einer ersten Gefängnisstrafe verurteilt.

Mit Can Birten Ünal hatte er von 1963 bis 1966 eine Beziehung, ohne dass es je zur Heirat gekommen wäre. Aus ihrer Beziehung ging eine Tochter namens Elif hervor. Noch während Can schwanger war, heiratete Yılmaz im Januar 1967 seine erste Frau Nebahat Çehre. Am 27. Juni 1970 heiratete er ein weiteres Mal. Jale Fatma Süleymangil, die kurz Fatoş genannt wird (Diminutiv von Fatma), gebar Yılmaz einen Sohn: Yılmaz junior. Seine zweite Frau nahm den Namen Pütün an, denn der Name Güney, den sich Yılmaz mittlerweile zugelegt hatte, war sein Künstlername. Die ersten kurzen Beziehungen waren für die damalige Zeit in der Türkei eher außergewöhnlich, doch diese «Gepflogenheiten» ließen sich mit dem Gebaren allgemein im Showbusiness damals wie heute ohne Weiteres vergleichen. Im Internet kursieren die vielfältigsten

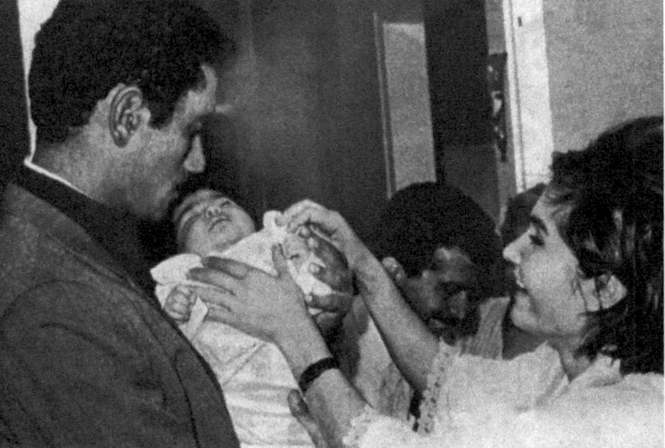

Yılmaz mit Elif und Can Birten Ünal.

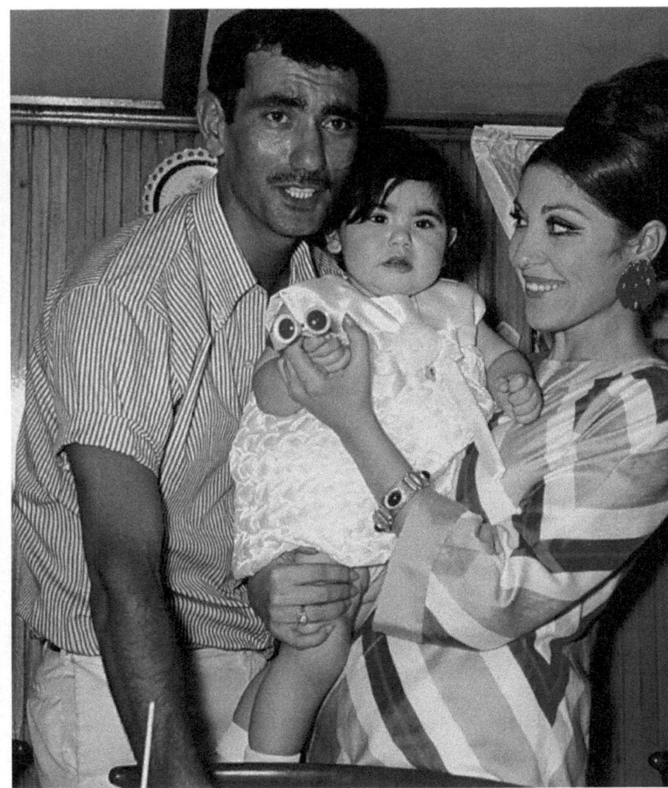

Yılmaz mit Elif und Nebahat Çehre.

Seine Mutter, Yılmaz junior, Yılmaz und Jale Fatma Süleymangil.

Flyer des «Ugly King». Allein auf Facebook existieren drei Gruppen, die über 250 000 Follower zählen. Fast täglich werden Fotos oder kleine Filmausschnitte gepostet. Solche Plakate finden sich noch heute in der Türkei und in türkischen Läden und Bars Deutschlands. Daneben sind in Buchläden Yılmaz' Bücher und in den Videotheken seine Filme zu kaufen.

Nach unzähligen Filmen als Hauptdarsteller und nach etlichen Assistenzen bei Regiealtmeister Atif Yılmaz begann er im Jahr 1959 selbst Drehbücher zu schreiben, zuerst für andere Regisseure, später dann für seine eigenen Produktionen. 1961 kam eine Zäsur, denn

er wurde wegen «kommunistischer Propaganda» zu zwei Jahren Haft verurteilt.

In dieser Zeit schrieb er seinen ersten Roman. Ab 1964 übernahm er weitere Hauptrollen, womit sein Bekanntheitsgrad stetig wuchs. Den ersten Film mit dem Titel AT AVRAT SILAH drehte er 1966, ein Jahr später entstanden deren zwei: BANA KURSUN IŞLEMEZ und BENIM ADIM KERIM. Um diese Filme zu finanzieren, spielte er weiterhin in Streifen anderer Produzenten und Regisseure mit, die sich dank der Präsenz Yılmaz' nicht über die Höhe ihrer Kinoeinnahmen beklagen konnten.

Auf dem Zenit seiner Schauspielerkarriere

1966 teilte er offiziell mit, dass er keine simplen kommerziellen Filme mehr machen werde.

Ab da schrieb, inszenierte und produzierte Yılmaz seine eigenen. Dazu gründete er eine Produktionsfirma, die Güney Film Istanbul. Mit der Firma entstanden die ersten Eigenproduktionen wie zum Beispiel AÇ KURTLAR oder BIR ÇIRKIN ADAM, in denen er weiterhin die Hauptrolle spielte. Um diese Filme finanzieren zu können, spielte er noch in einigen kommerziellen Filmen die Hauptrolle. 1968 entstand der Film SEYYITHAN. Da die Version, die ich damals begutachten konnte, leider kleinere Bild- und Tondefekte aufwies, konnte der Film nicht in den hiesigen Kinos ausgewertet werden. Von seinen frühen Werken ist dieser aber mein Lieblingsfilm, denn er besticht, im Stile eines Italowesterns à la Sergio Leone gedreht, durch einen unglaublich guten Plot: Die schöne Braut soll den Sohn des reichsten Einwohners im Dorf heiraten. Ein rauschendes Hochzeitsfest, das drei Tage dauern soll, wird angesetzt, doch just zum Zeitpunkt der Zeremonie verbreitet sich im Ort und unter der Hochzeitsgesellschaft die Kunde, dass der ehemalige Geliebte der Braut zurückgekehrt sei und draußen vor dem Dorf auf sie warte.

Der Bräutigam kann diese Schmach nicht auf sich sitzen lassen und sucht den Rückkehrer auf, worauf dieser sich auf folgenden Deal einlässt: Derjenige, der eine kleine weiße Blume auf über hundert Meter Entfernung trifft, darf die Braut zu seiner Frau nehmen. Unbemerkt von allen vergräbt der geprellte Bräutigam indes die ihm Versprochene bis zum Kopf im Sand und deckt diesen mit einem Korb zu, wobei er auf der Höhe der Stirn jene kleine weiße Blume anbringt, die das Duell entscheiden soll.

Der Rückkehrer gilt weiterum als der beste Schütze, und so trifft er die Blume. Als er aber realisiert, dass er seine große Liebe mit dem Schuss mitten in die Stirn getötet hat, beginnt ein nicht enden wollender Showdown, der geschätzte fünfzehn Minuten andauert, bis letztlich beide Kontrahenten tot sind. Laut Yılmaz Güney mussten beide Männer sterben, denn nur so konnte die Kette der weitverbreiteten Tradition der «Blutrache» durchbrochen werden.

4 ALTIN MÜKÂFAT KAZANAN
SENENIN EN GÜZEL FILMI
YILMAZ GÜNEY
GÜNEY FILM
UMUT
GÜLSEN ALNIAÇIK   TUNCER KURTIZ
OSMAN ALYANAK   SEMA ENGIN
ENVER DÖNMEZ   LUTFI ENGIN   AHMET KOÇ
REJI SENARYO   KAMERA
YILMAZ GÜNEY   KAYA EREREZ
PRODÜKTÖR   ABDURRAHMAN KESKINER
tahir yüksel arşivi ty

Mit dem Film UMUT (DIE HOFFNUNG) von 1970 erreichte Yılmaz erstmals europäische Beachtung: Special Award, Grand Jury, Festival von Grenoble. Seine Filme begründeten einen neuen türkischen Film, der nun auch formal zu überzeugen vermochte und vor allem inhaltlich die wahren Sorgen und Nöte der Menschen in der Türkei behandelte. Als Autor, Regisseur, Produzent und Schauspieler

hatte er die Fähigkeit, sowohl populäres als auch politisches Kino zu machen,

das engagiert und zugleich ästhetisch war.

Das Jahr 1971 zählte mit sage und schreibe sieben Filmen zu den produktivsten Jahren von Yılmaz. Er schrieb, inszenierte und spielte ohne Unterbruch. Beispielhaft verstand er es, die für sein Land zentralen Themen von Entwurzelung, Landflucht, Unterdrückung und politischer Repression in bewegender Weise auf die Leinwand zu bringen. Obwohl seine Filme immer ein Stück Unabhängigkeit als Hoffnungsschimmer zeigten, blieben die Filme am Ende Geschichten über Abhängigkeiten. Hatten ihn doch die Unterdrückung und die Ausgrenzung, die er aufgrund seiner kurdischen Abstammung erlebte, selbst stark geprägt.

Im Jahr 1972 wurde Yılmaz zum zweiten Mal verhaftet und wegen Unterstützung «terrorverdächtiger Studenten» zu siebeneinhalb Jahren Gefängnis verurteilt. Dank einer Amnestie kam er nach zwei Jahren jedoch wieder frei.

Eine breite Bevölkerungsschicht feierte ihn damals als Helden. Seine Popularität in der Türkei wurde immer größer. Auch für die Regenbogenpresse war Yılmaz mittlerweile ein gefundenes Fressen, und

sie verfolgte jeden seiner Schritte und jene seiner Entourage mit Argusaugen.

Im Jahr 1974 während der Dreharbeiten zum Film ENDIŞE wurde Yılmaz abermals verhaftet. Dazu kam es, als er mit seiner Filmequipe in einem Lokal saß, in dem ein Staatsanwalt mit einer Eskorte verweilte. Ein Streit, der durch heftige gegenseitige Provokationen hervorgerufen wurde, in denen der Staatsanwalt Yılmaz' Frau unter anderem als Prostituierte beschimpfte, erhitzte die Gemüter dermaßen, dass es zur Eskalation kam, in dessen Verlauf Schüsse fielen und der Staatsanwalt von einer Kugel tödlich getroffen wurde.

Um diesen Vorfall richtig einschätzen zu können, muss man wissen, dass zu jener Zeit außerhalb der großen Städte auf dem Land die meisten Männer im Alltag eine Waffe bei sich trugen, eine Gepflogenheit, die in Zentraleuropa kaum vorstellbar, in der Türkei aber gang und gäbe war. Die vom Staatsanwalt ausgesprochene Beleidigung zielte unmissverständlich auf Yılmaz' Ehre ab, die in der Türkei für jedermann

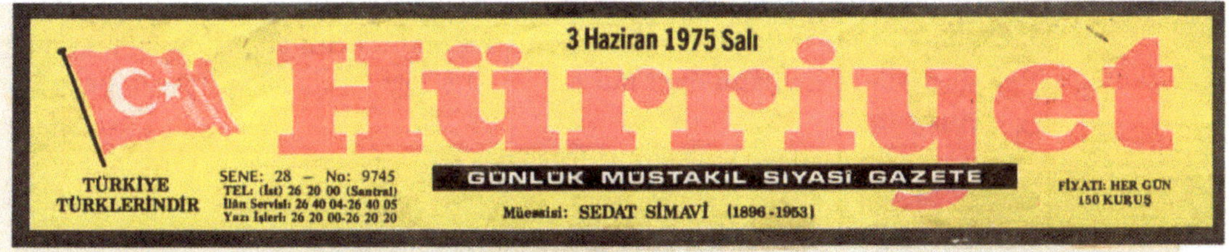

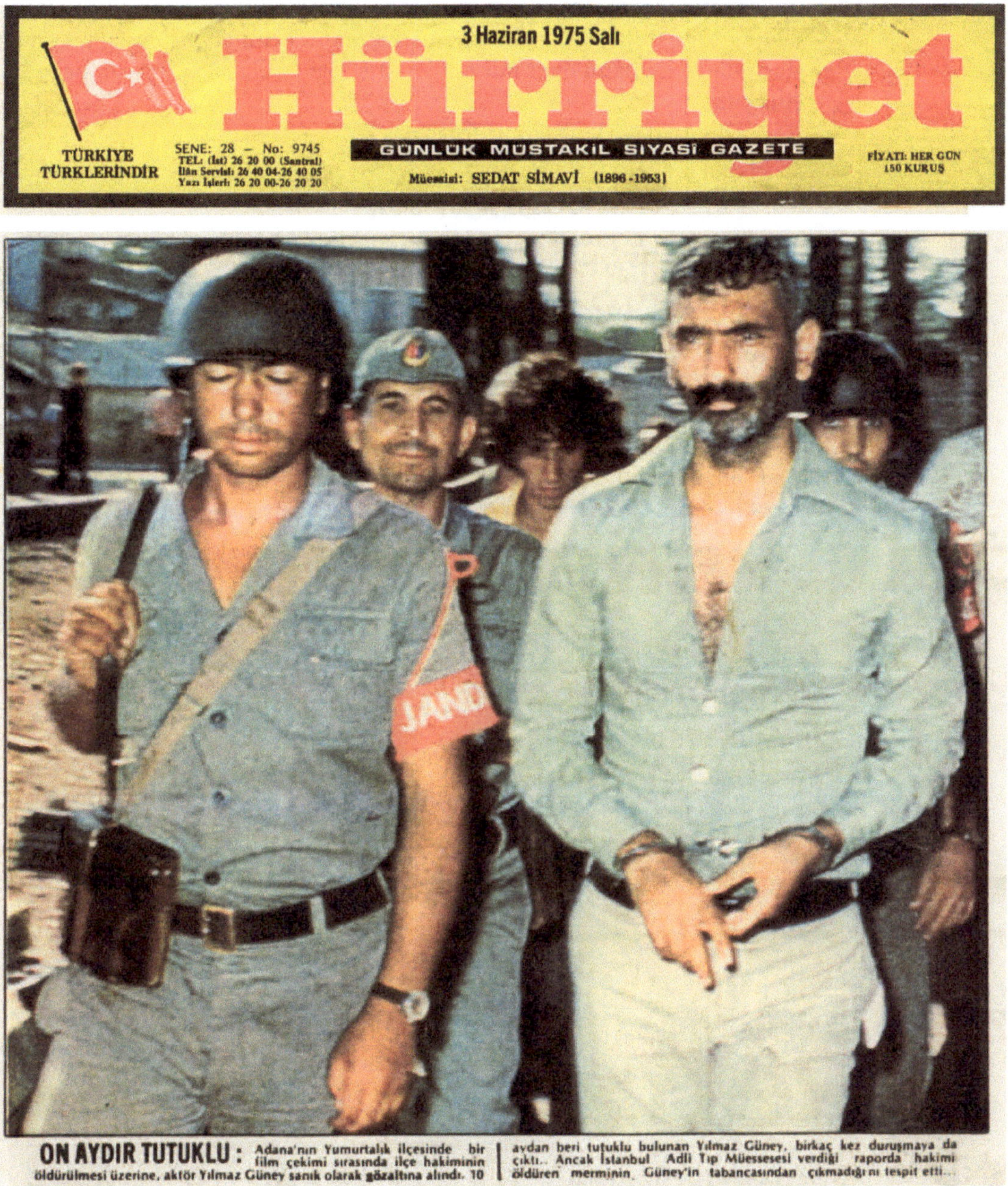

3 Haziran 1975 Salı

Hürriyet

TÜRKİYE TÜRKLERİNDİR

SENE: 28 – No: 9745
TEL: (İst) 26 20 00 (Santral)
İlân Servisi: 26 40 04-26 40 05
Yazı İşleri: 26 20 00-26 20 20

GÜNLÜK MÜSTAKİL SIYASİ GAZETE

Müessisi: SEDAT SİMAVİ (1896-1953)

FİYATI: HER GÜN 150 KURUŞ

ON AYDIR TUTUKLU: Adana'nın Yumurtalık ilçesinde bir film çekimi sırasında ilçe hakiminin öldürülmesi üzerine, aktör Yılmaz Güney sanık olarak gözaltına alındı. 10 aydan beri tutuklu bulunan Yılmaz Güney, birkaç kez duruşmaya da çıktı.. Ancak İstanbul Adli Tıp Müessesesi verdiği raporda hakimi öldüren merminin Güney'in tabancasından çıkmadığını tespit etti...

Seit zehn Monaten inhaftiert: Aufgrund der Tötung vom Richter des Kreises Yumurtalık wurde während des Drehen eines Filmes der Schauspieler Yılmaz Güney festgenommen. Der seit 10 Monaten inhaftierte Güney nahm auch einige Male an Gerichtsverhandlungen teil. Jedoch stammte die tödliche Kugel, laut des Gutachtens des Rechtmedizinischen Instituts, nicht aus der Pistole von Yılmaz Güney.

als absolut unantastbar gilt. In unseren Breitengraden würde die Beschimpfung wohl auch zu einer ernsthaften Auseinandersetzung führen, doch hätte sie dann eher nur ein juristisches Nachspiel ohne tödlichen Ausgang.

Die Anklage lautete auf Totschlag.

Nach Angaben von Amnesty International wurde der Prozess jedoch nicht korrekt durchgeführt,

auch die polizeilichen Ermittlungen zeichneten sich durch mangelnde Sorgfalt aus. So wurde zum Beispiel weder die Tatwaffe gefunden, noch eine ballistische Untersuchung vorgenommen. Da Yılmaz ebenfalls

Schüsse abgefeuert hatte, hätte ermittelt und bewiesen werden müssen, von wo und mit welcher Waffe die tödlichen Schüsse abgegeben wurden. Das heißt, dass Schuld oder Unschuld hätten bewiesen werden können.

Der Prozess war kurzfristig nach Ankara verlegt worden, wo auch der Richter ausgewechselt wurde. So wurde Yılmaz in einem mehr als fragwürdigen Prozess schließlich zu neunzehn Jahren Gefängnis verurteilt.

Anschließend wurde er ins Gefängnis «Toptasi» überstellt, wo er seine Haftstrafe antrat. Im Jahr 1978 erhielt er Besuch vom berühmten Filmemacher Elia Kazan (1909 bis 2003). Dieser publizierte nach der Rückkehr in die USA unter dem Titel «The View from a Turkish Prison» einen ausführlichen Artikel in der «New York Times» über Yılmaz' Inhaftierung und brachte ihn damit zurück ins Bewusstsein der internationalen Filmwelt. Die Freundschaft zwischen Yılmaz und Elia war damit für immer besiegelt.

Elia Kazan und Tuncel Kurtiz mit Yılmaz Güney.

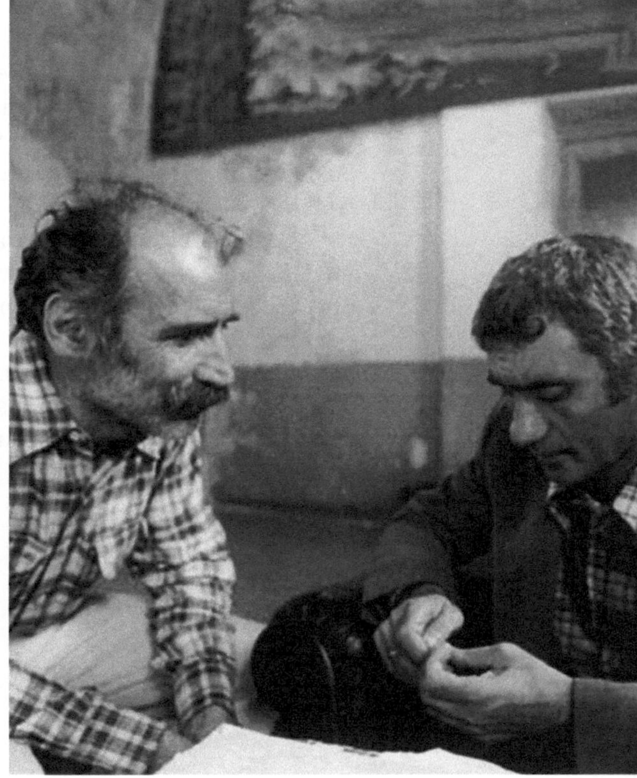

Yılmaz wurde ständig in andere Gefängnisse verlegt. Wegen guter Führung kam er 1978 ins halboffene Gefängnis in Isparta, wo es ihm gestattet war, Besuche zu empfangen. Das Foto Seite 41 rechts zeigt seinen Freund und Schauspieler Tuncel Kurtiz bei einem seiner Gefängnisbesuche.

Zur Zufriedenheit der Gefängnisleitung übernahm Yılmaz den Mitgefangenen gegenüber mehr Verantwortung, als dies üblich gewesen wäre. So hielt er sie dazu an, etwas für ihre Fitness zu tun. Dies mit einem Augenzwinkern, als er bemerkte:

«Da ihr immer flüchten wollt, müsst ihr schnell und ausdauernd rennen können.»

Oder er erreichte, dass die Gefängnisbibliothek ausgebaut wurde.

Seine Anregung dazu war: «Was nützen ungebildete Sträflinge?» Die Gefängnisleitung räumte ihm deshalb auch einige Privilegien ein. So durfte er beispielsweise jeden Mittag mit dem Gefängnisdirektor Tee trinken.

Um gegen die Isolation anzukämpfen und um nicht zu verstummen, begann er seine Geschichten und Drehbücher noch detaillierter und präziser zu schreiben. Dank seiner Kreativität, seiner Disziplin, seinem unbändigen Willen, sich als Künstler ausdrücken zu wollen, und aufgrund der profunden Kenntnisse der türkischen Filmszene gelang es ihm, aus dem Gefängnis heraus ein Filmproduktionssystem aufzubauen, das bis heute seinesgleichen sucht.

1979 gründeten Trudi Lutz, Eliane Stutterheim, Donat Keusch, Toni Stricker, André Simmen und ich die Cactus Film AG in Zürich als neue Verleih-, Vertriebs- und Produktionsfirma. Wir hatten bereits interessante Filme im Gepäck. Uns gelang mit dem Verleih des Films LES PETITES FUGUES von Yves Yersin denn auch ein ausgezeichneter Start. In unserem ersten Geschäftsjahr sahen wir alle auf der Piazza Grande am

34. Internationalen Filmfestival von Locarno den Film SÜRÜ von Yılmaz Güney. Wir sahen den Film zum ersten Mal, und alle von unserem Team waren sehr beeindruckt. Damals wussten wir noch nicht genau, wie der Film in der Türkei entstanden war:

Yılmaz engagierte 1978 den ihm bekannten Filmregisseur Zeki Ökten.

Gleichzeitig gab er aus dem Gefängnis heraus genaue Anweisungen, wo, mit wem, wann und wie der Film gedreht werden sollte.

Nach der Vorführung am Filmfestival von Locarno begann unsere Zusammenarbeit mit Yılmaz. Donat Keusch reiste als Erster in die Türkei, wo er Yılmaz im Gefängnis besuchte und SÜRÜ ohne Verleihgarantie unter Vertrag nehmen konnte. Der Film, der parallel auch in Frankreich und Deutschland anlief, wurde in den Schweizer Kinos ein großer Erfolg.

Yılmaz war denn auch mehr als erstaunt, als seine Firma alle drei Monate nicht nur eine Verleihabrechnung erhielt, sondern dass diese von uns darüber hinaus auch noch pünktlich bezahlt wurde. Das erlebte man in der Filmbranche eher selten.

Auf die gleiche Weise wie SÜRÜ, nämlich aus dem Gefängnis heraus, entstand im Jahr 1980 der Film DÜŞMAN (DER FEIND), ebenfalls unter der Regie von Zeki Ökten.

Mit diesem Film vertieften wir unsere Zusammenarbeit mit Yılmaz. Denn die Güney Film suchte zu jener Zeit einen Ort, um eine Vertretung außerhalb der Türkei einzurichten. Nihat Behram, Schriftsteller und Freund von Yılmaz, klärte vorher ab, welcher Standort hierfür am geeignetsten wäre. Er besuchte die Janus Film in Deutschland und die Verleih- und Produktionsfirma MK-2 in Frankreich, die die jeweiligen Verleihrechte für SÜRÜ hielten. Nach dem Besuch in unseren Büros an der Dorfstraße in Zürich-Wipkingen entschied er sich dann für unsere Cactus Film.

Nihat Behram besaß die Vollmacht für die Güney Film und war mit Einzelunterschrift ausgestattet, was ihn vollumfänglich handlungsfähig

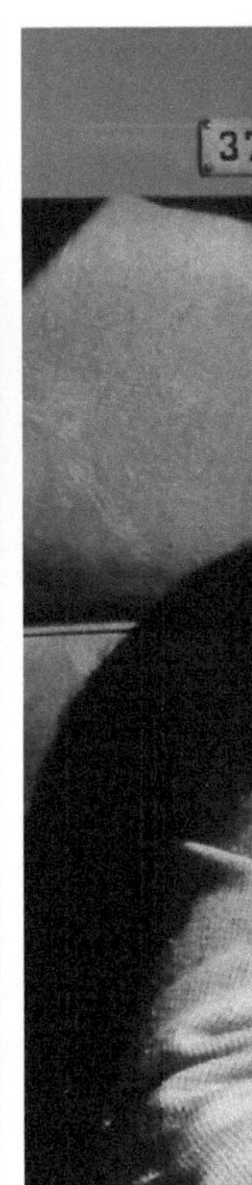

machte. Er wurde von Canan Gerede begleitet, die als Mitarbeiterin und Übersetzerin tätig war. In einem freien Büroraum richteten sich die beiden bei uns an der Dorfstraße ein. Nun hatten wir einen direkten Draht zu Yılmaz – im wahrsten Sinn des Wortes: Dank der internationalen Telefondirektwahl konnte Nihat täglich mit Yılmaz sprechen, und zwar immer zur gleichen Zeit, um zwölf Uhr mittags, denn dann saß Yılmaz beim Gefängnisdirektor zum Tee.

Für den Film DÜŞMAN organisierten wir die Postproduktion in der Schweiz und garantierten eine technische Fertigstellung nach europäischen Standards. Dies war für die Verbreitung des Films in Deutschland und Frankreich von Bedeutung, denn die Fernsehstationen lehnten den ursprünglichen Film aufgrund technischer Qualitätsmängel ab.

Yılmaz teilte uns seine Regieanweisungen für Bild und Ton schriftlich mit, worauf wir den Film neu schnitten und mischten, um das fertige Produkt den Fernsehstationen übergeben zu können, die nun damit zufrieden waren.

Im Oktober 1980 besuchte ich Yılmaz zum ersten Mal im Gefängnis in Isparta.

Ziel war es damals, die Dreharbeiten seines nächsten Films YOL (DER WEG) vorzubereiten, der den Arbeitstitel «Bayram» trug. Die Reise ab Istanbul erfolgte mit dem Zug und dauerte mehr als zehn Stunden. Mein Bruder Bruno (1945 bis 2013) leistete mir damals Gesellschaft, zudem begleiteten mich Erol Gözmen, der Leiter des Güney-Film-Büros in Istanbul (rechtes Bild), sowie ein junger Übersetzer. Ich kam mir vor wie im berühmten Orient-Express, wobei wir natürlich nicht erste Klasse fuhren. Am Bahnhof – wenn man ihn überhaupt so bezeichnen konnte – von Isparta angekommen, fuhren wir mit einem

Taxi zum Gefängnis. Im Koffer des jungen Übersetzers befanden sich die von Yılmaz so heiß begehrten Schreibmaterialien aus der Schweiz. Am meisten schätzte er hochwertiges Papier und spezielle Stifte, sogenannte Green Pentel Rollerballs. Auch kleine Geschenke und in Kuverts versteckte Bargeld trugen wir in unserem Reisegepäck mit. Dinge, die wir ohne Probleme ins Gefängnis schmuggeln konnten, denn die Wärter, die uns natürlich kontrollierten, suchten uns nur nach Waffen ab.

Das Gefängnis von Isparta sah – wie alle Gefängnisse dieser Welt – nicht gerade einladend aus.

Im verglasten Besucherraum des Gefängnisses saßen wir alsbald mit Yılmaz zusammen und besprachen die Details der produktionellen, technischen und organisatorischen Zusammenarbeit. Es wurde erörtert, welches Material benötigt und geliefert werden konnte, sowie, wo die Schwierigkeiten für die Dreharbeiten lägen. Die Militärjunta hatte damals am 12. September 1980, also wenige Wochen vor unserem Besuch, die Regierung geputscht und die Macht an sich gerissen. Es waren also die pragmatischen Fragen, die uns leiteten: Was ist momentan Mangelware in der türkischen Filminfrastruktur? Werden die Zollbehörden die Crew einreisen lassen? Was geschieht bei den Militärkontrollen an den Bahnhöfen und auf den Straßen, die etwa alle fünfzig Kilometer erfolgten? Es gab auch noch anderes Wichtiges, das Yılmaz allein mit seinem Bürochef besprechen musste, von dem ich dann ausgeschlossen war. Dies störte mich nicht, denn ich hatte nie das Gefühl, dass sie über Dinge sprachen, die sie mir explizit vorenthalten wollten. Im Gegenteil war das Vertrauen meinerseits in Yılmaz ab der ersten Unterredung uneinge-

Bruno Hubschmid, Yılmaz Güney, Edi Hubschmid.

schränkt. Wichtig vor der Abreise war, ein gemeinsames Foto zu schießen. Yılmaz sagte mir: «Trage dieses Foto immer auf dir, wenn du in der Türkei bist. Wenn du einmal Hilfe brauchst, zeige es den Menschen und sage: ‹Yılmaz, Arkadas›. Die Menschen werden dir helfen.»

Wie sich später herausstellen sollte, würde dieses Foto in der Tat mein Passepartout in der Türkei sein.

Kerim Puldi (mit Sonnenbrille)

Zurück in Istanbul genossen wir das Sightseeing in der Metropole. Zu unserem Erstaunen bekamen wir den weltbekannten türkischen Kaffee nur im großen Bazar serviert. Hingegen wurde an jeder Ecke «Chai» (Tee) ausgeschenkt. Zeit fürs Kino hatten wir jedoch nicht, denn Yılmaz hatte noch eine Überraschung für uns vorbereitet …

Dank Yılmaz bekam ich die Gelegenheit, den erfahrenen Produzenten Kerim Puldi zu treffen, dessen Wurzeln in Armenien liegen. Er war in der Vergangenheit Yılmaz' Mithäftling, später war er als dessen Produzent tätig. Bei heiklen Dreharbeiten war er immer vor Ort mit dabei. So erzählte Kerim Puldi mir, dass zum Beispiel während des Drehs zu SÜRÜ die Szenen in der Hauptstadt Ankara nicht ohne die Mafia zu organisieren gewesen waren.

Damit nämlich die Protagonisten im Film eine große Schafherde durch die belebten Straßen von Ankara treiben konnten, war die ehrenwerte Gesellschaft dafür besorgt, dass an besagtem Drehtag weit und breit kein Polizist im Quartier anzutreffen war. Ohne die Hilfe der Mafia

hätte Kerim für einen Film von Yılmaz wohl kaum die Drehgenehmigung in Ankara erhalten.

Die Dreharbeiten zu YOL begannen Anfang 1981 und dauerten vier Monate. Mein Bruder und ich transportierten in den ersten Tagen des Januars über die Italien-Griechenland-Route (Fähre via Ancona–Patras) mit unserem blauen Ford Transit das 35-mm-Rohmaterial, Scheinwerfer und einen Generator nach Istanbul. Ausgestattet mit den nötigen Zollpapieren, dem internationalen Zolldokument «Carnet ATA» für den Transit von Waren, fuhren wir ohne Probleme bis ans griechisch-türkische Grenzgebiet. Hiesige Zollbeamte fertigten unsere Papiere vorschriftsgemäß ab, doch ein Armeeoffizier hatte plötzlich etwas zu beanstanden und befahl mir, alles Gerät auszuladen, während er die Papiere an sich nahm und in einem nahen Büro verschwand. Wir warteten ungeduldig, und ich sah auf der türkischen Seite Kerim Puldi sichtlich nervös auf und ab gehen.

Mit den Militärs
war nicht zu spaßen,

das wussten wir, und so befürchtete ich, dass sie uns aus reiner Willkür nicht passieren lassen würden. Doch dann kam der Offizier ausgesprochen schlecht gelaunt aus dem Zollbüro zurück, übergab mir das abgefertigte Zolldokument und hieß mich das Material so schnell wie möglich wieder einzuladen und die Grenze zu passieren. Was wir auch taten. Jenseits des Schlagbaums begrüßte mich ein sichtlich gelöster Kerim, und wir fuhren direkt nach Istanbul. Es war bereits dunkel, als wir beim Büro der Güney Film ankamen, wo zehn Männer warteten, die im Nu alles Material ausluden und in Sicherheit brachten. Es war eine geheimnisvolle Stimmung an jenem Abend, zu der auch ein Stromausfall beitrug. Unsere erste Besprechung im Büro von Erol hielten wir so bei Kerzenschein – und bei «Chai».

Yılmaz bat meinen Bruder noch in Isparta, für die ersten drei Wochen in Istanbul als Statist zur Verfügung zu stehen. Sein Äußeres, sein «Look» sei ideal dafür, einen amerikanischen Hippie zu mimen. Am Set bestand seine kurze Rolle darin, mitten unter türkischen Gefangenen wegen Drogenmissbrauchs in Untersuchungshaft zu sitzen. Auf dem Foto ist links von meinem Bruder der junge Regisseur Erden Kıral und rechts der Kameramann Çetin Tunca zu sehen.

Nach drei Wochen unterbrach Yılmaz die Dreharbeiten. Er entließ Regisseur Erden Kıral und engagierte wieder Şerif Gören. Zudem wurde das bis zu diesem Zeitpunkt verbrauchte 35-mm-Negativ, ohne es zu entwickeln, entsorgt. Ich fuhr Ende Januar 1981 diesmal über die Balkanroute und besorgte 5000 Meter Filmnegativ als Ersatz. Die Produktion konnte von vorn beginnen.

Wie nur konnte Yılmaz solch schwerwiegende Entscheidungen aus dem Gefängnis heraus fällen?

Die Erklärung: Wichtig für türkische Dreharbeiten war es, dass die verwendeten Kameras robust waren, einen möglichst ruhigen Bildstand aufwiesen und dass die Objektive gewechselt werden konnten. Die Aufnahmegeräte waren aber nicht lautlos wie in Europa. Deshalb kannte der türkische Film weder einen Direktton noch einen Führungston wie bei uns üblich. Den Schauspielern wurde stattdessen der Dialog von den

Regieassistenten souffliert, die zudem – ähnlich wie eine «Continuity» (Script Girl) – Kamerastandort, Brennweite, Länge der Aufnahme und Anzahl Wiederholungen sowie weitere wichtige Dinge mehr notierten.

Diese Notizen beschrieben «en détail», wie der Regisseur die Szene in unterschiedliche Kamerastandpunkte aufteilte (Découpage). Yılmaz realisierte während der Dreharbeiten, dass der junge Regisseur Kıral in keiner Weise seine Vorstellungen umzusetzen wusste. Dessen Stil entsprach nicht jener Filmsprache, die Yılmaz wollte. Deshalb zog er daraus seine Konsequenzen und entließ Kıral kurzerhand.

Von den Dreharbeiten zum Film DUVAR (DIE MAUER) aus dem Jahr 1982 stammt dieses Foto, das Yılmaz hinter einer Kamera zeigt, ein älteres Modell, das durch sein lautes Eigengeräusch keinen Originalton zuließ.

Die Bildtechnik in Europa hingegen erlaubte saubere, direkte Originaltonaufnahmen und war seit der «Nouvelle vague» state of the art. Die ältere Technik hatte dafür den Vorteil, laute Regieanweisungen ge-

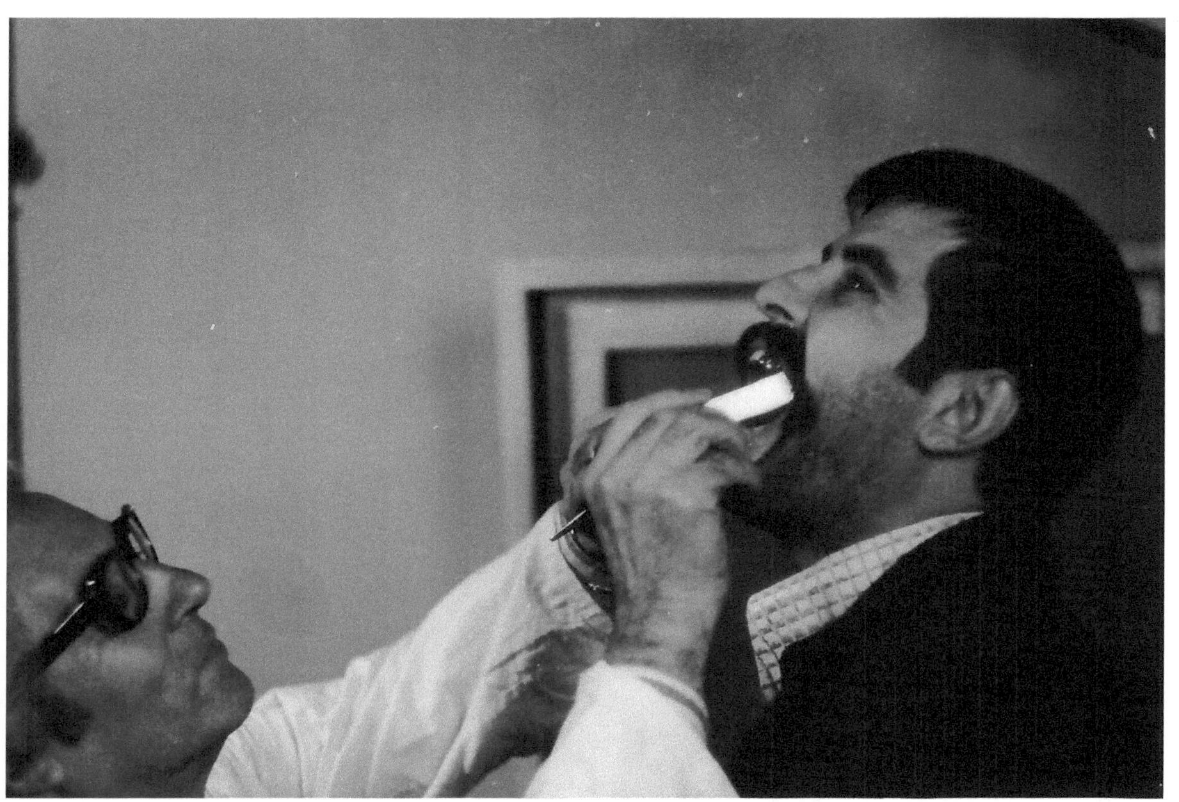

ben zu können, denn derlei Filme wurden später im Studio komplett nachvertont.

Die Dreharbeiten zu YOL wurden im Februar 1982 fortgesetzt. Im Bild der Schauspieler Tarık Akan in der Zahnarztszene. Der Grund, warum wir damals das türkische Aufnahmesystem bei den Dreharbeiten nicht modernisieren wollten, war, dass es dafür europäische Filmtechniker gebraucht hätte – für Kamera, Ton, Licht und Maschinerie. Wir waren aber der Ansicht, dass wir bei einer Koproduktion jenen Teil beisteuern sollten, den wir auch beherrschten, nämlich den Film technisch europakompatibel zu machen, ohne in den Prozess der Dreharbeiten einzugreifen. Zudem wären europäische Filmtechniker und Organisatoren gar nicht in der Lage gewesen, in einem Land wie der Türkei unter den damals vorherrschenden Bedingungen zu arbeiten.

BEOGRAD
HOTEL INTER·CONTINENTAL

Wir übernahmen deshalb die Verantwortung für die gesamte Postproduktion.

Ende April 1981 waren die Dreharbeiten beendet, und ich fuhr zusammen mit Roman Flück, der bei Cactus Film im Verleih tätig war, die Balkanroute zurück. Der blaue Ford war mit 25 000 Metern belichtetem 35-mm-Material beladen. Während der viermonatigen Dreharbeiten (Januar bis April) war das belichtete Material nicht entwickelt worden – eine für jeden Filmtechniker in Europa unmögliche Vorstellung. Denn hierzulande werden die Filme täglich entwickelt, auch am Wochenende, und der technische Bericht erfolgt jeden Morgen telefonisch vom Kopierwerk an die Produktion oder direkt an den Chefkameramann. Die Versicherungen für Negativ-Schäden hätten im Schadenfall keine Deckung übernommen, wenn wir den Dreh nicht entsprechend organisiert hätten. Bei defektem Originalmaterial kann überdies ein Nachdreh sofort realisiert werden. Das Kopierwerk Cinégram AG in Genf war denn auch von unserem Auftrag mehr als überrascht. Vorsichtshalber wurden täglich nur 2000 Meter Film entwickelt und die entsprechende Arbeitskopie gezogen. Wir hatten nach der Montage der Szenen gemäß Drehbuch einen Stummfilm von etwa sechs Stunden Laufzeit. Ein wichtiger Schritt war so erreicht: Das entwickelte Negativ war in gutem Zustand und in der Schweiz sicher vor dem Zugriff der Zensurbehörden.

Derweil fanden seit Wochen schon im Domizil der Cactus Film AG in Zürich langwierige Sitzungen statt. Die eine Hälfte der Stimmberechtigten der als Kooperative geführten Aktiengesellschaft sprach sich für die Koproduktion des Films und ein weiteres Festhalten am Engagement für Yılmaz aus. Der anderen Hälfte erschien das ganze Vorhaben zu kühn. Der Tenor vonseiten der Gegner lautete denn auch, dass die Cactus Film nicht dafür gegründet worden sei, sie durch eine hochriskante Produktion wieder zu verlieren. Diesen Standpunkt vertraten Trudi Lutz, Toni Stricker und Roman Flück, der als neues Mitglied André Simmen als Aktionär ersetzt hatte.

Es kam ob dieser Frage schließlich zum Bruch.

Die drei Aktionäre traten aus und wurden für die Rückgabe der Aktien mit einem Pauschalbetrag entschädigt. Die verbleibenden Aktionäre Eliane Stutterheim, Donat Keusch und ich teilten uns nun die Firma zu je einem Drittel. Als wir 1979 die Cactus Film AG als Kooperative gegründet hatten, bedeutete dies, dass nur mitarbeiten konnte, wer auch Teilhaber war. In diesem Sinne gab es in unserer Firma kein Fremdkapital. Jedes Mitglied hatte eine Stimme. Es schien uns auch folgerichtig, dass jeder das gleiche Salär bezog.

Für eine wichtige Entscheidung wie zum Beispiel eine Investition von über 2000 Franken war zudem eine Abstimmung aller Teilhaber vonnöten. Zu Beginn lagen unsere Monatslöhne bei 1800 Franken brutto. Mit der Zeit stiegen sie immerhin auf 2200 Franken.

Dieser Verdienst war für den Lebensunterhalt eines jeden von uns absolut ausreichend, sofern wir über eine günstige Mietwohnung verfügten, die es damals tatsächlich in Zürich noch gab. Meine Altbauwohnung im Seefeldquartier zum Beispiel kostete «kalt» (ohne Heizung) ge-

rade einmal 300 Franken, also weniger als 25 Prozent des Monatslohns. Sie war ausgestattet mit drei Zimmern im Parterre, einem Bad und einer Küche, in der ein Ofen stand, der mit Holz zu befeuern war und der auch den Kachelofen im Wohnzimmer beheizte. Ich beschreibe dies alles darum, weil ich aufzeigen möchte, dass die Basis der Cactus Film, deren Büros in einem unscheinbaren Haus an der Dorfstraße 4 in Zürich-Wipkingen zu finden waren, unsere eigene Arbeit war – ganz im sozialistischen Sinn:

Unsere Arbeit
war unser Kapital.

Wir waren politisch links engagierte, junge Filmschaffende und liebten unseren Beruf, waren ehrgeizig und wollten im Spielfilmbereich vorankommen. Unser Credo lautete denn auch: Alles, was wir erreichen,

Ein Blick in mein Wohn- und Schlafzimmer am Blumenweg in Zürich aus dem Jahr 1981.

wird wieder in die Firma investiert. Es gab deshalb kein Dividenden-Denken. Keiner von uns wollte schnell möglichst viel Geld verdienen. Dass nur die Vollversammlung aller Mitglieder verbindliche Entscheidungen fällen konnte, ist für eine Kooperative eine Selbstverständlichkeit. Die Rechtsform der Cactus Film war dennoch eine Aktiengesellschaft. Dies aus dem einfachen Grund, weil eine Filmverleih- oder Filmproduktionsfirma im Handelsregister eingetragen sein musste. Hätten wir die Rechtsform eines Vereins gewählt wie etwa die Fifa, hätten wir keine Bewilligung des Schweizerischen Verleiherverbands erhalten und darüber hinaus bei Filmproduktionen keinen Vertrag mit einer TV-Station abschließen können.

Seit deren Gründung 1979 besuchte die Cactus Film jährlich die wichtigsten Festivals der Welt, meistens auch mit einem eigenen Stand am Filmmarkt. Dazu nebenstehend ein Bild aus dem Jahr 1981 an der Berlinale mit Nihat Behram, Canan Gerede und dem Besucher Tuncel Kurtiz (von links), einem bekannten Schauspieler aus der Türkei.

Doch in unserem Weltvertrieb standen nicht nur die Filme von Yılmaz und Mrinal Sen unter Vertrag, sondern auch Schweizer Produktionen, wie das Plakat von DAS BOOT IST VOLL des Regisseurs Markus Imhoof im Hintergrund illustriert.

In jenem Jahr wurde er für diesen Film mit einem «Silbernen Bären» ausgezeichnet. Zudem waren wir mit der eigenen Produktion YOL vertreten. Obwohl der Film noch lange nicht fertiggestellt war, konnten wir ihn ankündigen. Denn wegen des Erfolgs von SÜRÜ bestand bereits ein gewisses Interesse innerhalb des europäischen Arthouse-Movie-Markts an neuen Filmen von Yılmaz Güney.

Doch
wieder kam alles
anders.

Eigentlich war vorgesehen, dass wir in der Schweiz den Film gemäß den Vorgaben von Yılmaz schneiden würden, indem wir in den verschiedenen Zwischenetappen den Schnitt auf Video überspielten, um damit nach Isparta zu reisen, wo Yılmaz nach der Visionierung seine Anweisungen hätte geben können. Doch Yılmaz signalisierte deutlich, dass er bald aus dem Gefängnis und aus der Türkei zu fliehen beabsichtige. Wir wollten ihn in seinem Vorhaben – so weit es in unserer Macht stand – unterstützen. Deshalb fuhr Donat für die Besprechung eines Fluchtplans in die Türkei. Im gleichen Sitzungszimmer in Isparta wie damals im Oktober 1980 wurde nun dieser detaillierte Fluchtplan ausgeheckt.

Flucht aus der Türkei

Oktober 1981

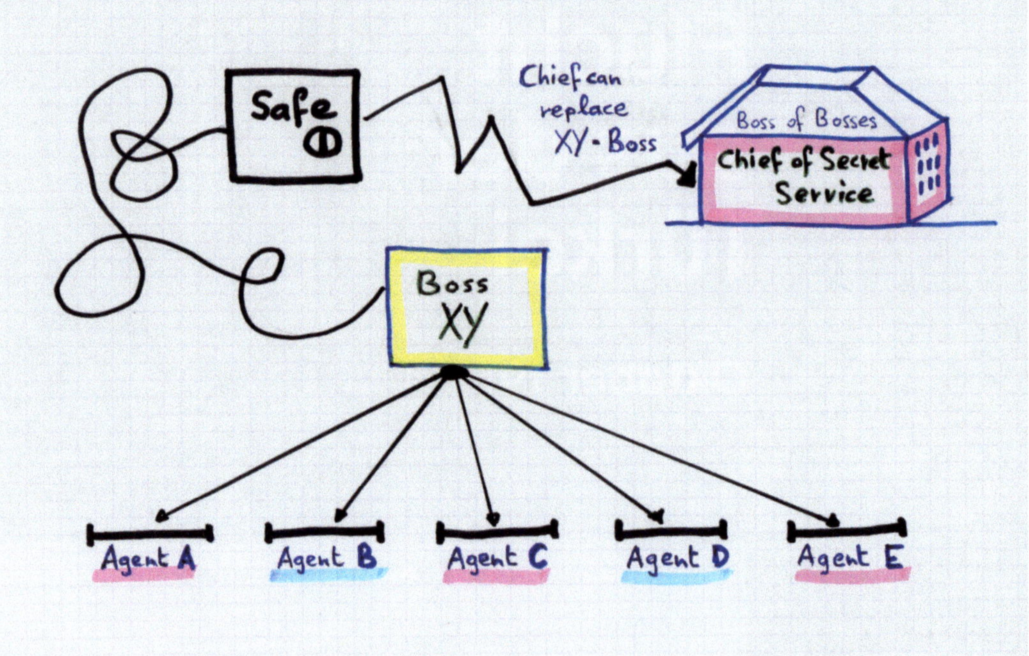

Safe
Chief can replace XY-Boss
Boss of Bosses
Chief of Secret Service
Boss XY
Agent A
Agent B
Agent C
Agent D
Agent E

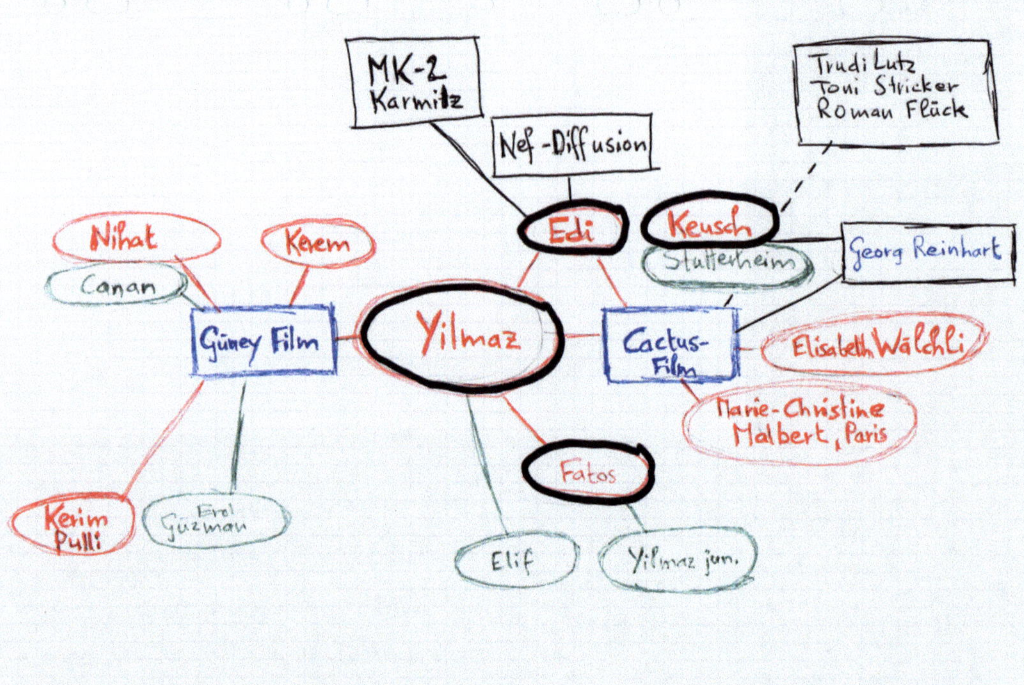

MK-2 Karmitz
Nef-Diffusion
Trudi Lutz
Toni Stricker
Roman Flück
Edi
Keusch
Stutterheim
Georg Reinhart
Nihat
Kerem
Canan
Güney Film
Yilmaz
Cactus-Film
Elisabeth Wälchli
Kerim Pulli
Erol Güzman
Fatos
Marie-Christine Malbert, Paris
Elif
Yilmaz jun.

Die Menschen machen immer Pläne. So ist es auch bei Filmproduktionen. Dort werden unzählige Listen und Tabellen angefertigt. Die Hierarchien sind straff, über Anweisungen, die zu befolgen sind, gibt es kaum Diskussionsbedarf. Zudem ist Pünktlichkeit ein zentraler Aspekt, damit Drehs gemäß Drehplan termingerecht über die Bühne gehen. Diese Kennzeichnungen machen Dreharbeiten durchaus mit militärischen Operationen vergleichbar.

Unsere neue Aufgabe, Yılmaz und seine Familie unbemerkt aus der Türkei zu schaffen,

bedurfte eines solchen durchdachten, präzisen Plans. Yılmaz, Nihat Behram und Donat hatten sicher schon früh eine Ahnung davon, wann der Tag gekommen sein würde, an dem Yılmaz aus dem Gefängnis und mit seiner Familie aus der Türkei zu fliehen gedachte.

Diese Information wurde in der Cactus Film jedoch «top secret» behandelt. Nihat Behram und Canan Gerede hielten im Zürcher Büro nicht nur ständig die Kommunikation mit Isparta aufrecht, sondern Nihat begann auch bald, die Flucht akribisch vorzubereiten. Doch leider gelang es ihm nicht, den Plan zu Ende zu bringen. Unter dem immensen Druck, unter dem er stand, und der enormen Verantwortung, der er sich ausgesetzt sah, erlitt er einen Nervenzusammenbruch, gerade als es an die Umsetzung des Fluchtplans ging. Er musste pausieren.

Nihat benützte ein Prinzip, das auch in Geheimdiensten Anwendung findet (siehe Skizze oben links): Die Leitung weiß alles, die einzelnen Agenten (hier A bis E) kennen nur jenen Teil ihrer Aufgabe, den sie auszuführen haben. Auf diese Weise ist garantiert, dass ein einzelner Agent den Plan nicht sabotieren oder verraten kann. Er wird im Kettenglied einfach ersetzt, wenn er ausscheren oder nicht funktionieren sollte. Wichtig ist, dass die Leitung stets alle Fäden zusammenhält. Und für den Notfall braucht der Höchste in der Hierarchie einen Stellvertreter. Dieser erfährt die Details der Aktion, die zur Sicherheit in einem Safe codiert hinterlegt sind, nur im Ernstfall. Wenn wie in unserem Fall der Boss aus irgendeinem Grund ausfällt, übernimmt also sein Ersatzmann. In unserem Fall hieß das: Für Nihat übernahm sein Stellvertreter Donat. Donat kam aber bald zum Schluss, dass der von Nihat ausgeheckte Fluchtplan nicht realisierbar war. Diese Einschätzung veranlasste ihn, mich Ende Sommer 1981 kurzfristig in die Sache einzuweihen, selbstverständlich musste alles streng geheim bleiben. Ich zögerte nicht, und es war uns beiden schnell klar, dass wir die Planung der Flucht ganz von vorne beginnen mussten.

Doch es blieb uns nicht mehr viel Zeit, denn der Fluchttermin stand schon fest:

«Bayram», das Opferfest, fand in jenem Jahr von Freitag, 9. Oktober, bis Sonntag, 11. Oktober, statt. Wer YOL noch in Erinnerung hat, der weiß, dass im Film diejenigen Häftlinge dann einen Urlaubsschein erhalten, die sich über das Jahr hinweg gut geführt hatten. Ein «Heimurlaub auf Ehrenwort» war in diesem festlichen Zeitraum stets eine feste

Größe in der Türkei. Für unseren Plan benötigten wir aber Geld. Nach einem gemeinsamen Meeting mit George Reinhart, seines Zeichens Produzent und Kunstmäzen, in seinem Sommerhaus am Greifensee war dieses Problem mit einem Barbetrag von insgesamt 70 000 US-Dollar vorerst aus der Welt geschafft. Nachdem Donat und ich aus der Summe je 35 000 US-Dollar in unsere Taschen gesteckt hatten, machten wir uns auf den Weg, den neuen Plan umzusetzen …

Das Prinzip unseres Fluchtplans war der: Make it simple! Denn wir waren davon überzeugt: Je einfacher unser Vorhaben gehalten würde, desto größer waren die Erfolgsaussichten. Man brauchte auch kein ausgebildeter Geheimdienstagent oder professioneller Fluchthelfer für seine Ausführung zu sein. Alles, was wir machen mussten, war, uns wie normale Touristen zu verhalten und unsere Absprachen zu befolgen. Dann würde unser Vorhaben gelingen. Und sollte doch jemand vom Plan erfahren, war der aufgrund seiner exemplarischen Schlichtheit wenig glaubwürdig, denn die Chancen für seinen Erfolg schienen dermaßen

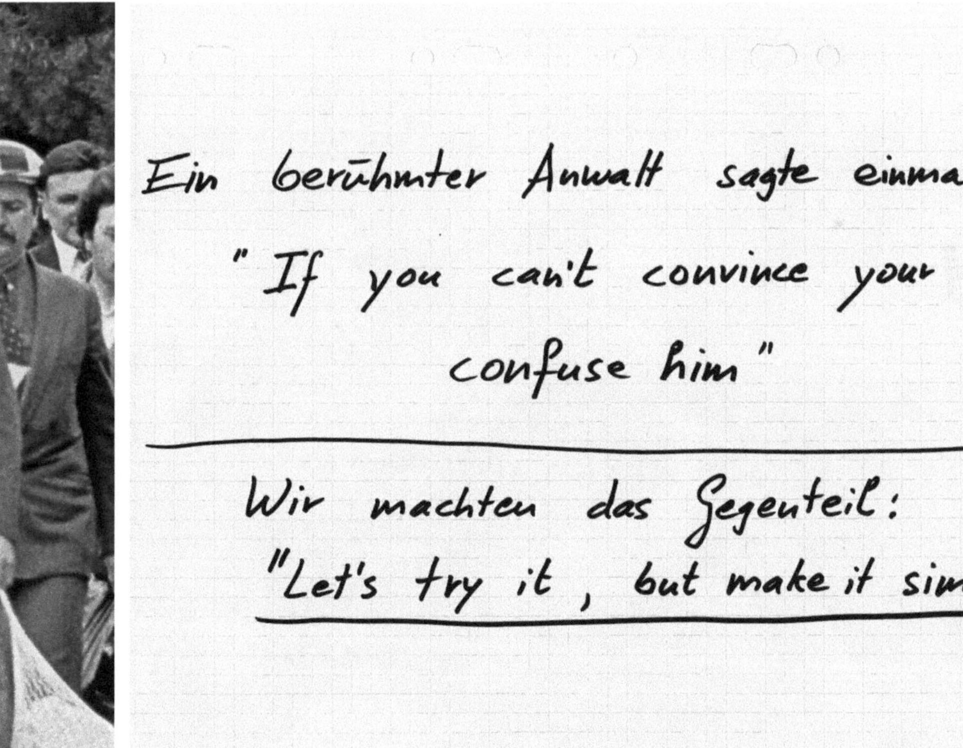

unwahrscheinlich. Ein weiterer Vorteil unseres Plans bestand zudem darin, dass zu dessen Umsetzung nur wenige Personen mit einbezogen werden mussten.

Nihat hatte bekanntlich bereits zahlreiche Vorbereitungen für die Flucht getroffen, auf die wir glücklicherweise zurückgreifen konnten und die ich in Teilen auch schon kannte. Denn Monate zuvor

hatte Nihat meine Begleitung für einen Besuch bei Melina Mercouri und Jules Dassin

in Athen gewünscht. Mir war erzählt worden, dass es dabei um die Planung von Dreharbeiten in Griechenland gehe. Musste ich beim ersten

Jules Dassin und Melina Mercouri.

Meeting noch vor verschlossener Türe warten, war ich beim zweiten bereits eingeweiht und durfte der konspirativen Runde beiwohnen. Dabei ging es um die Frage, ob Yılmaz und seine Familie in Griechenland politisches Asyl beantragen könnten. Melina, die für das Amt der Kulturministerin kandidierte, bejahte dies. Wir mussten den beiden jedoch erklären, dass wir nicht bis nach den griechischen Wahlen vom 18. Oktober 1981 zuwarten konnten, die Flucht musste am «Bayram» kurz davor erfolgen. Denn Yılmaz hatte Hinweise darauf, dass die Militärjunta die Bedingungen für Gefangene bald schon verschärfen würde, sodass er nicht nur seine Privilegien verlieren würde, sondern auch wieder in Isolationshaft käme. Zum Glück wusste Jules Dassin eine Lösung und gab mir einen Termin für ein Meeting in Paris an.

Eine Woche später in Paris, am Place Beauvau, ließ mich Jules Dassin in einem Café in der Nähe des Innenministeriums warten, derweil er einen Termin beim Innenminister Gaston Defferre wahrnahm. Als er zurückkehrte, übergab er mir die Visitenkarte eines gewissen Monsieur

Grimaud, den ich in dessen Büro aufsuchen sollte, was ich am nächsten Tag gleich tat. Grimaud seinerseits überreichte mir wiederum eine Visitenkarte, auf deren Rückseite von Hand vermerkt der Name des Polizeipräfekten von Marseille stand. Dies werde genügen, meinte der Mann, ohne auf die genauen Umstände der Geschichte eintreten zu wollen. Sobald Yılmaz das französische Territorium betrete, sollten wir uns auf direktem Weg zum Hauptpolizeiposten in Marseille begeben. Der Rest sei geregelt …

Marie-Christine Malbert, unsere Pressebetreuung in Paris, die für die Cactus Film auch auf Filmfestivals tätig war, bekam von uns ebenfalls eine Aufgabe zugeteilt. Da ihr Vater ein begeisterter Segler war, sollte sie – unter Vorspiegelung, es handle sich um anstehende Dreharbeiten – in Erfahrung bringen, wo man einen Kapitän samt Crew anheuern konnte, der bereit war, mit einer schnellen Yacht von Marseille aus in See zu stechen. Marie-Christine wurde schon bald fündig, und die Proficrew erhielt von Donat eine entsprechende Order, wobei ihr der

wahre Zweck des Törns nicht mitgeteilt wurde. Da das Salär großzügig war, wurden auch keine unnötigen Fragen gestellt. Auf See waren solche Gepflogenheiten offenbar keine Seltenheit.

Mit dem Geld von George Reinhart in der Tasche flog Donat nach Marseille, um dort zusammen mit dem Kapitän, Thierry Maitrejean, eine Motoryacht zu mieten. Zusätzlich stellte Reinhart eine Bankgarantie über 200 000 Franken aus, damit der Mietvertrag unterzeichnet werden konnte. Doch wegen andauernd schlechten Wetters musste das Auslaufen zunächst um Tage nach hinten verschoben werden. Die Zeit begann allmählich zu drängen. Der Ort meiner Vorbereitungen indes lag in einer ganz anderen Region ...

Ein weiterer Kontakt, den wir von Nihat übernehmen konnten, bestand in der Verbindung zu Personen in Zypern, die mit der PLO kollaborierten. Der griechische Teil der Insel war allgemein bekannt als Umschlagplatz für delikate Waren und Gelder. Mit der anderen Hälfte des Reinhart-Geldes in der Tasche buchte ich einen Flug nach Nikosia, wo

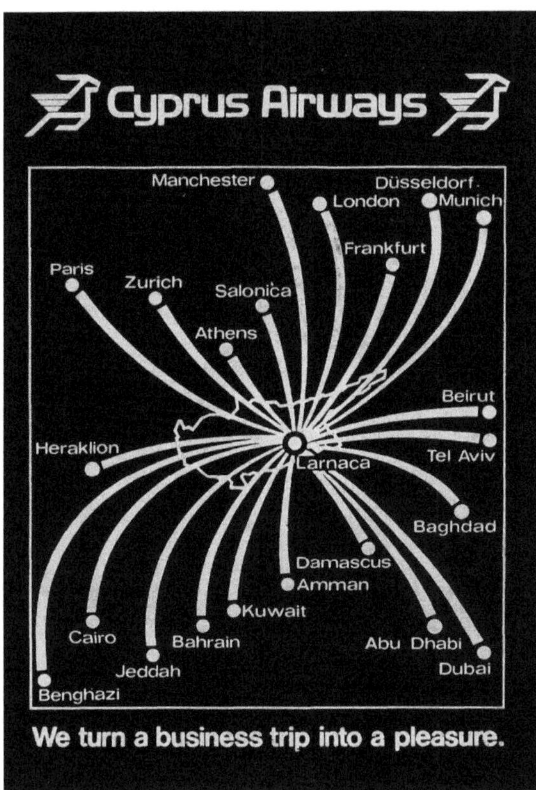

ich am Flughafen von einem jungen Ehepaar in Empfang genommen und in ein Fünfsternehotel gebracht wurde. Im Zimmer angekommen, untersuchten sie zu meinem großen Erstaunen zuerst alle Schränke, um sicherzugehen, dass keine Abhörmikrofone installiert waren. Augenscheinlich

handelte es sich bei dem Paar um PLO-Agenten.

Ich durfte von diesem Moment an das Hotelzimmer unter keinen Umständen mehr verlassen, denn jeden Moment hätte ein Anruf zu mir durchgestellt werden können, der mir bestätigte, dass das Paar eine passende Yacht ausfindig gemacht hatte, die uns bei der Flucht der Güneys hätte dienen können. Denn die Nähe der Insel zur Südküste der Türkei war eine echte Alternative zu Marseille. Die entsprechende Anfrage lief

über Anwälte, die vermögende Besitzer von Motoryachten in Finanzfragen betreuten. Mein Ausblick auf den Swimmingpool war langweilig, und zum Glück hatte ich ein gutes Buch dabei: «Ich bin als Griechin geboren» von Melina Mercouri. Darin erzählt die Autorin, wie sie aus gutbürgerlichem Milieu – ihr Großvater war fünfundzwanzig Jahre Stadtpräsident von Athen – in die High Society heiratete und gegen alle Widerstände in der Familie Schauspielerin wurde. Sie beschreibt detailreich, wie sie den Amerikaner Jules Dassin, dessen Sohn der berühmte Chansonnier Joe Dassin war, kennenlernte, sich seinetwegen scheiden ließ und mit ihm während der Militärdiktatur im Exil in Frankreich lebte. Ein empfehlenswertes Buch und für mich, der im Hotelzimmer dazu verdammt war, zu warten, genau die richtige Lektüre.

Ich bewunderte Melina Mercouri und werde auch nie vergessen, wie sie sich bei meinem ersten Besuch in Athen in einem fast durchsichtigen Kleid lasziv auf der Couch fläzte, während sie genüsslich ihre Zigaretten rauchte. Als junger Zürcher Produzent war es für mich damals mehr als spannend, in die Welt des großen Kinos einzutauchen. Sechs langweilige Tage verbrachte ich im Hotelzimmer, zur Untätigkeit gezwungen, nur auf den Swimmingpool starrend, während das Telefon stumm blieb. Als es trotzdem einmal klingelte, war Donat am anderen Ende der Leitung, der sich über das stürmische Wetter an der Côte d'Azur beklagte. Wir beschlossen, in Nikosia und Marseille die Zelte abzubrechen, denn wir standen je länger, je mehr unter Zeitdruck. Neuer Treffpunkt war Athen.

Es schien uns nichts anderes übrig zu bleiben, als dort zu versuchen, eine Yacht zu mieten. Kaum in der griechischen Metropole angekommen, besuchte ich Melina Mercouri und Jules Dassin. Ich fragte die beiden, ob sie uns bei unserem Notfallplan unterstützen könnten, denn ich benötigte nicht nur ein Schiff, sondern auch die Zusage, eine griechische Insel ansteuern zu dürfen, wo wir uns für längere Zeit hätten verborgen halten können. Bestimmt hätten sie Freunde, die ein Ferienhaus auf einer abgelegenen Insel besäßen und das für unsere Zwecke ideal wäre. Doch Jules war überhaupt nicht angetan von meiner Bitte. Er monierte in scharfem Ton, dass diese heikle Angelegenheit damals in Paris so nicht angedacht worden war. Zudem würden wir Melina damit einem hohen Risiko aussetzen, falls die Sache so kurz vor den Wahlen publik würde. Jules war sehr aufgebracht, worauf ich niedergeschlagen ihr Haus verließ.

Donat und die angeheuerte Crew fanden trotzdem die für unsere Sache passende Yacht. Sie segelten von Athen aus mit zwei Mann Besatzung los, nachdem alle administrativen Erfordernisse im Ausgangshafen ordnungsgemäß erfüllt worden waren. Ich setzte mich derweil ins

Flugzeug nach Izmir, wo ich auf dem Busbahnhof vergeblich eine Verbindung nach Kemer suchte, wo wir uns treffen wollten. In dem Gewühl von Menschen und Cars brauchte ich zum einzigen Mal meinen «türkischen Pass»: Dank des Fotos von «Arcadaş Yılmaz» führten mich hilfsbereite Männer zum richtigen Bus und bedeuteten dem Chauffeur, dafür zu sorgen, dass ich in Kemer aussteige.

Die Postkarte unten rechts habe ich im Oktober 1981 in Kemer erstanden. Ein kleiner pittoresker Badeort mit einigen Hotels. Eine Woche vor meiner Ankunft waren ein Freund aus D. und Eva, meine damalige Freundin, im besten Hotel des Ortes abgestiegen. Sie waren getarnt als Ehepaar, das dort Urlaub machte. Unser Freund sprach aber fließend Türkisch, was niemand wissen durfte. Sie hatten die Aufgabe, die Umgebung auszukundschaften und herauszufinden, wo Polizei und Militär stationiert waren und wo eine abgeschiedene Bucht gelegen war, in der unauffällig eine Yacht vor Anker gehen konnte. Zudem sollten sie für mich im selben Hotel ein Zimmer reservieren.

Melina Mercouri und Jules Dassin.

Eva gestand mir später, dass sie erst gar nicht realisiert hatte, wie gefährlich ihre Mission in Kemer eigentlich gewesen war. Zudem war sie wütend auf mich, weil ich sie nicht in den ganzen Plan eingeweiht hatte. Sie kannte eben die Agentenregeln nicht, doch die konnte ich ihr nicht erklären. Als ich in Kemer eintraf, begrüßten wir uns herzlich und stießen in der Hotelbar auf «erholsame Badeferien» an. An dieser Stelle sei eine weitere kleine Lektion aus dem Agentenleben angeführt: Ein Treffpunkt wird stets zum Voraus ausgemacht, zum Beispiel in einer Bar oder an einer Tramhaltestelle, nicht jedoch der exakte Zeitpunkt, da dieser vorab nicht immer exakt bestimmt werden kann. So gilt als Faustregel: Am 7. Tag des Monats ist das Meeting jeweils um 7 oder um 19 Uhr, am 8. Tag entsprechend um 8 oder 20 Uhr usw. Sollte die Kontaktperson dem Agenten aus irgendeinem Grund nicht bekannt sein, so hat diese sich diskret zu erkennen zu geben. Wir benützten dazu die Lieblingsstifte von Yılmaz, die es in der Türkei nicht zu kaufen gab und die wir, wie schon angesprochen, aus der Schweiz ins Gefängnis mitbrachten. In der

Bar spielte ich also locker mit dem Stift in der Hand und wartete auf den Verbindungsmann von Yılmaz.

Als am nächsten Tag dann Kerim Puldi auftauchte, war diese Erkennungstechnik logischerweise nicht nötig, da wir uns von Istanbul her kannten. Wenig später traf auch Yılmaz mit seiner Frau Fatoş ein. Sie bezogen ein Zimmer in besagtem Hotel, während ich auscheckte und eine andere Unterbringung wählte, denn wir wollten nicht zusammen gesehen werden. Auch unser Freund aus D. und Eva gaben sich so, als würden sie die Güneys nicht erkennen. Yılmaz hatte den Urlaubsschein für die Zeit der Feiertage von «Bayram» auf eine ganz unübliche und riskante Weise beantragt: Während alle Mitgefangenen ihre Gesuche frühzeitig stellten, damit sie ihre Familien besuchen konnten, verzichtete Yılmaz zum großen Erstaunen des Gefängnisdirektors in dem Jahr auf eine Eingabe. Erst als der Direktor in den Urlaub verreist war, beantragte er bei dessen Stellvertreter ein Urlaubsgesuch mit der Begründung, dass in seiner Familie überraschend jemand erkrankt sei. Darauf erhielt er seinen Passierschein ohne Umschweife. Grund für dieses Vorgehen war, dass eine solche Erlaubnis nicht nur für eine bestimmte Zeit, sondern auch bloß für eine bestimmte Route gültig war, zum Beispiel vom Gefängnis nach Hause und wieder zurück. Doch Yılmaz fuhr mit Fatoş und Kerim Puldi die Strecke von Isparta Richtung Süden nach Kemer. Bei den Straßenkontrollen musste er seinen Urlaubsschein nie zeigen. Alle Soldaten und Offiziere erkannten ihn sofort und ließen ihn ohne weitere Fragen passieren.

Das Bild rechts zeigt die idyllische Bucht in der Nähe von Kemer, die unser Freund für das Anlegen der Yacht ausgewählt hatte. Der Plan sah vor, dass er Donat und der Crew die Bucht zeigt, sobald diese im Hafen von Kemer eingetroffen waren, damit sie anschließend mit dem Segelboot dorthin fahren konnten, wo im Schutz der Bäume Yılmaz und ich bereits auf sie warteten, um als blinde Passagiere heimlich aufgenommen zu werden. Doch vorher kamen uns zwei Dinge dazwischen …

Jede größere Yacht besitzt ein Dingi, ein kleines Beiboot, mit dem man an einem Strand ohne Probleme anlegen kann, weil es keinen Tiefgang hat. Doch zu unserem Schrecken führte die gecharterte Yacht kein Dingi mehr mit sich – es war in der Ägäis irgendwo auf der Route zwischen Athen und Kemer offenbar verloren gegangen. Nach eingehender Beratung beschloss die Crew, umzudrehen, um das Beiboot zu suchen, auch wenn dieses Unterfangen eigentlich aussichtslos war, denn was sich die See einmal als Beute genommen hat, gibt sie nicht mehr her. Doch die Crew hatte Glück im Unglück: Tatsächlich tauchten irgendwann am Horizont die Umrisse des verloren gegangenen Dingi auf. Die Mannschaft fing das Beiboot ein und setzte mit einem erklecklichen

Rückstand auf die Marschtabelle erneut Kurs auf Kemer. Zur gleichen Zeit standen vier Personen im Pinienwald oberhalb der Bucht und blickten angestrengt in die Weite der See hinaus. Doch nichts kam in ihren Sichtkreis, kein Schiff, das Yılmaz und mich hätte aufnehmen sollen. Es war vorgesehen, dass Kerim an besagtem Tag Yılmaz' Frau nach Istanbul fahren würde und Fatoş darauf mit den beiden Kindern in eine Swissair-Maschine stiege, die sie direkt nach Zürich bringen sollte. Fatoş aber weigerte sich zunächst hartnäckig, ins Auto zu steigen. Denn nur wenn sie mit eigenen Augen sehe, wie Yılmaz die Yacht besteige, werde sie mit Kerim nach Istanbul aufbrechen, so ihre Forderung, von der sie nicht abzurücken gedachte. Damit geriet der gesamte Plan aber in Gefahr, was Yılmaz bewusst war. Er nahm seine Frau deshalb auf die Seite, um sie von ihrer Absicht abzubringen. Ich erinnere mich noch an laute Stimmen, darauf knallten Autotüren und der Motor heulte auf. Dann brauste Kerim mit Fatoş im Wagen davon, während ich mit Yılmaz im Wald ausharrte. Wie es Fatoş am Flughafen von Istanbul erging, ist der geneigten

Leserschaft aus den Anfangszeilen wohlbekannt. Anzumerken ist, dass zu Nihats und Donats Vorbereitungen auch die Organisation des folgenden Täuschungsmanövers gehörte: In Absprache mit Moritz und Erika de Hadeln, die zu jener Zeit das Filmfestival von Nyon leiteten, übersandte die Festivalleitung eine offizielle Einladung an Fatoş, damit diese der «geplanten Retrospektive der Güney-Filme» am Genfersee beiwohnen konnte. Dies war natürlich eine geschickt eingefädelte Finte, denn eine solche Rückschau fand in der Schweiz nie statt. Das offizielle Einladungspapier erlaubte es aber, für Fatoş, Yılmaz junior und Elif ein Visum einzuholen. Ohne Umstände wurde ihnen denn auch die Ausreise gewährt, weil sich bekanntlich das Familienoberhaupt der Güneys im Gefängnis befand. Niemand in der türkischen Administration kam auf die Idee, dass diese List zu einem ausgefeilten Fluchtplan gehörte. Das Farbbild auf Seite 84 aus dem Film YOL gibt am besten die Stimmung von Yılmaz und mir an jenem Tag im Pinienwald wieder. Die beiden Männer sitzen stumm und schauen auf ihr gelobtes Land «Kurdistan».

Yılmaz und ich kehrten nach Sonnenuntergang enttäuscht nach Kemer zurück. Als wir aus dem Taxi ausgestiegen waren, trennten wir uns schweigsam, und jeder verschwand in seinem Hotel. Früh am nächsten Morgen machten wir uns erneut auf zur selben Stelle im Wald, um weiter auf die Yacht zu warten.

Was macht man den ganzen Tag, wenn man dazu verdammt ist,

unter einem Piniendach auf das Wasser hinauszustarren, auf ein Boot zu warten,

das die Erlösung bringen soll, und dabei die Hoffnung nicht verloren gehen darf? – Yılmaz und ich sprachen nur wenig, rauchten dafür viel und bestärkten uns gegenseitig darin, dass sich alles zum Guten wenden würde. Irgendwann fragte Yılmaz, wo wir den nächsten Film drehen würden, worauf ich unumwunden Griechenland zur Antwort gab. Wir unterhielten uns über sein Exilland: Mochte es die Schweiz, Frankreich oder gar Griechenland sein? Was alles würde in Freiheit möglich sein? Ich spürte Yılmaz' Körperwärme, auch wenn wir uns nicht berührten, so sehr brannte er innerlich. Was für ein Moment musste es damals für Yılmaz gewesen sein nach all den Jahren der Gefangenschaft – im Schatten spendenden Pinienwald, die blaue Bucht vor seinem Antlitz, die Freiheit zum Greifen nah. Ich verschwendete in diesen Stunden keinen Gedanken daran, was alles noch hätte schieflaufen können, dass das Militär oder die Polizei plötzlich hätte vor uns stehen und uns verhaften können. Erst Jahre später überkamen mich dunkle Vorstellungen dieser Art.

Dann, nach einer gefühlten Ewigkeit, tauchte eine Yacht am Horizont auf. Unsere Yacht. Als sie die Bucht erreicht hatte, ruderte Donat an Land, wo wir ins Dingi stiegen. Kaum an Bord, verschwanden wir unter Deck. Darauf ließ der Kapitän den Anker lichten, und wir segelten davon, der Freiheit entgegen. Es war ganz still, keiner sprach ein Wort. Da die Crew alle radarreflektierenden Metalle abgeschraubt hatte, war die Wahrscheinlichkeit gering, dass die Küstenwache uns orten würde. Zudem setzte der Kapitän zur deren Irreführung Kurs auf Zypern, solange wir uns noch in türkischen Hoheitsgewässern aufhielten. Erst auf hoher See änderte er den Kurs und steuerte Marseille an. Wir entspannten uns allmählich, und jeder tat, wonach ihm war: Yılmaz trat an Deck und erkundigte sich beim Kapitän über die Navigation, Donat verschwand in der Kombüse und begann zu kochen. Ich saß einfach nur da, hielt meine Tasche in der Hand und blickte zum Horizont.

Dann begann es zu schaukeln. Ein Sturm zog auf…

Es wurde rasch ungemütlich auf dem Schiff. Hinzu kam, dass unsere Crew völlig übermüdet war und dringend Schlaf benötigte, auch wenn sie gegen die Müdigkeit entsprechende Drogen (Kokain) eingenommen hatte. Denn die Mannschaft ging davon aus, für die Operation mehr als 72 Stunden am Stück wach sein zu müssen. Doch durch den Zwischenfall mit dem Beiboot dehnte sich das Zeitfenster noch weiter aus, was die Crew endgültig an ihre physische Grenze brachte. Yılmaz, Donat und ich hielten deshalb für sie die Stellung. Yılmaz übernahm das Steuer, den Kompass immer fest im Auge.

Donat bereitete das Essen zu, was aufgrund des hohen Seegangs nicht einfach war. Derweil saß ich an Deck und starrte auf den dunklen Horizont. So schafften wir es, jeder auf seine Weise, wach zu bleiben und der Seekrankheit zu entgehen. Bevor Yılmaz das Steuer allein übernahm, hatte der Kapitän uns instruiert, wie wir nach Kompass zu steuern hatten. Da wir keine Segel setzen konnten, tuckerten wir langsam und sicher durch die stürmische Nacht und wechselten uns am Ruderwerk ab. Am nächsten Morgen beruhigte sich die See. Und unsere Crew stieg wieder an Deck. So etwas wie ein normaler Bootsalltag stellte sich ein. Wir waren bestens verpflegt, und jeder hoffte, dass jetzt endlich eine ruhige Überfahrt nach Marseille beginnen würde. Diese sollte mehrere Tage dauern.

Großwetterlage Europas

So bleibt mir als Erzähler an dieser Stelle Muße, die politische Großwetterlage Europas jener Zeit zu skizzieren: In Frankreich regierten die Sozialisten mit François Mitterrand als Präsident seit dem 10. Mai 1981. Er setzte Jack Lang als Kulturminister und Gaston Defferre als Innenminister ein. Die Bundesrepublik Deutschland bestand bereits seit 1974 aus einer sozialliberalen Koalition aus SPD und FDP mit Helmut Schmidt als Bundeskanzler und Hans-Dietrich Genscher als Außenminister. Die Ära sollte bis 1982 dauern.

In Griechenland gewann am 21. Oktober 1981 Andreas Papandreou mit seiner sozialistischen Partei Pasok die Wahlen, Melina Mercouri wurde Kulturministerin. Auch in Spanien und Portugal kamen 1981 sozialistische Regierungen an die Macht. Und in Italien wurde Giovanni Spadolini als erster linksliberaler Regierungschef gewählt, seine Amtszeit dauerte jedoch nur bis November

Der Matrose steuert das Boot.

Donat und Yılmaz beim Schachspielen.

1982. Einzig England hatte mit Margaret Thatcher von 1979 bis 1990 eine konservative Regierung. Die Schweiz wurde zu jener Zeit von den beiden Parteien FDP und CVP beherrscht. Kurt Furgler war Bundespräsident (CVP) und Fritz Honegger (FDP) sein Vize.

Die politische Situation in den wichtigsten Staaten Zentraleuropas stellte sich für unser gesamtes Projekt durchaus günstig dar. Denn es ist nicht von der Hand zu weisen, dass sozialistische Regierungen nicht nur ein offenes Ohr für verfolgte Künstler hatten, sondern auch bemüht waren, ihnen den nötigen Schutz zu gewähren.

Eine weitere Überraschung wartete schon bald auf uns: Kapitän Maitrejean eröffnete uns, dass seine Berechnungen leider falsch seien und wir unmöglich ohne Zusatzhalt bis nach Marseille übersetzen könnten.

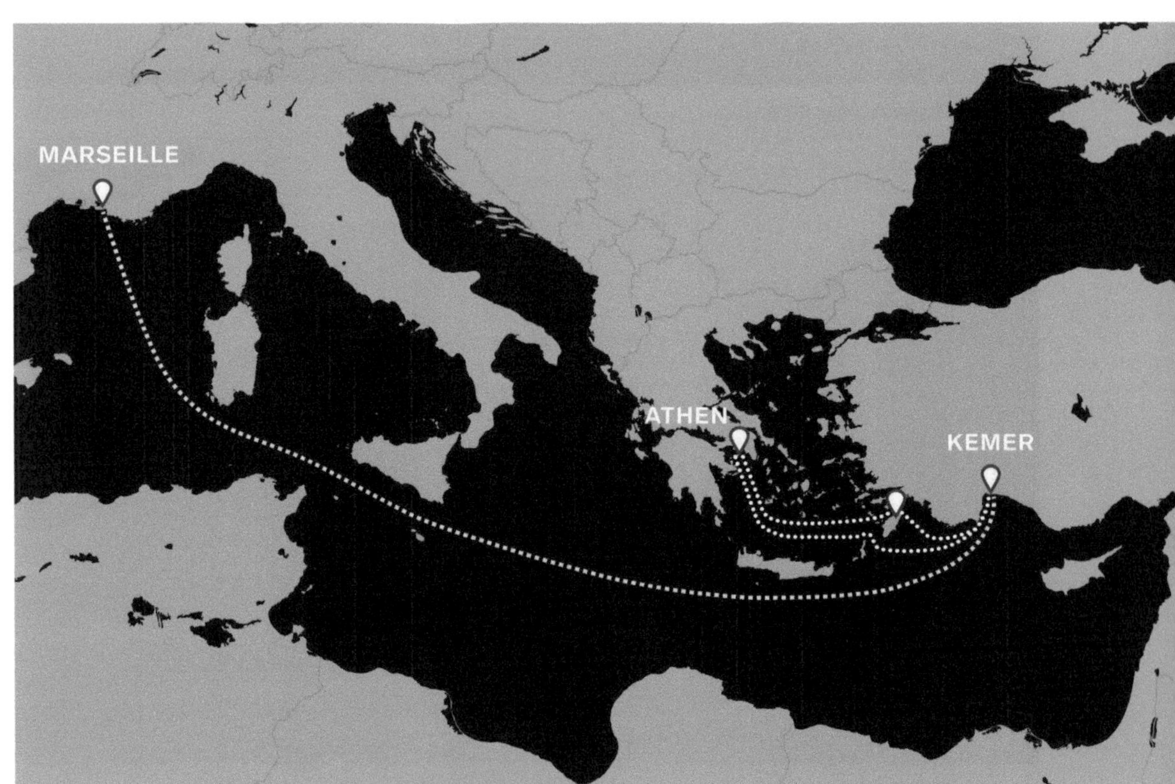

Nahrungsmittel und Wasser seien zu knapp.

Zur Veranschaulichung links ein Kartenausschnitt, der die Distanz von etwa 3200 Kilometern nachvollziehbar macht. Als uns der Kapitän erklärte, dass eine solch lange Reise auf direktem Seeweg ausgeschlossen sei, konnten wir zum Glück auf eine Vorbereitung von Nihat und Donat zurückgreifen, denn es existierte eine Schweizer Identitätskarte, die zwar von Roman Flück, einem Mitarbeiter der Cactus Film, stammte, aber mit dem Passfoto von Yılmaz versehen worden war. So entschieden wir uns, mit dem gefälschten Personalausweis auf der Touristeninsel Rhodos an Land zu gehen. Dort sollte es ein Leichtes sein, als Urlauber auf- und abzutauchen. Wir mieden trotzdem den Hafen, um uns nicht bei den dortigen Behörden melden zu müssen, und ankerten stattdessen an einem gleichsam malerischen wie abgelegenen Strand. Donat ging von Bord und besorgte am Flughafen zwei Tickets der Economy-Klasse nach Paris für den folgenden Tag, ausgestellt auf «Roman Flück» (Yılmaz) und mich. Wir würden von Rhodos mit einem Jumbo zunächst nach Athen geflogen, ehe die Reise weiterging.

Die letzte Nacht sollten wir aber noch auf dem Boot verbringen. Derweil erhielt Yılmaz von mir eine kleine sprachliche Einführung ins Schweizerdeutsche. Als Schauspieler war er natürlich sehr talentiert und lernte schnell,

meine Sätze auf «Züritüütsch» phonetisch korrekt auszusprechen.

Wir wollten uns beim Zoll denn auch ganz gelassen verhalten und uns während der Passkontrolle in Ruhe ganz landessprachlich unterhalten, denn was haben zwei brave Schweizer Touristen schon zu verbergen? Das hörte sich dann so an: «Ich bueche dänn fürs nägscht Jahr wieder i däm Hotel. Und du, was meinsch?» – «Uf jede Fall, dä Beach und s Ässe isch eifach super gsii. Nur s Zimmer will i dänn mit em Balkon uf d Südsite.» («Ich buche nächstes Jahr wieder in diesem Hotel. Und du, was meinst du?» – «Auf jeden Fall. Der Strand und das Essen sind ausgezeichnet. Nur das Zimmer möchte ich nächstes Mal auf der Südseite mit Balkon.»

Der Moment der Wahrheit war gekommen: Check-in. Wir meisterten diese Hürde und wurden abgefertigt, ohne dass ein Zollbeamter Verdacht geschöpft hätte, während wir unseren auswendig gelernten Dialog wiederholten. Einmal in der Maschine, wussten wir, konnte uns nichts mehr geschehen. Ab hier kennt die Leserschaft das Ende unserer Reise und weiß, dass wir nach den Formalitäten in Marseille und der Fahrt nach Zürich wohlbehalten bei uns «zu Hause» eingetroffen sind.

Donat und die Crew beendeten den Segeltörn in der Ägäis wenige Tage später, und da die Hafenpolizei in Athen alle Papiere ordnungsgemäß kontrolliert und keine Beanstandungen gefunden hatte, hinterließen sie dort keine Spuren.

Post-
produktion
YOL

Oktober 1981
bis Mai 1982

Das Sommerhaus der Familie Reinhart, das einsam und idyllisch am Greifensee knapp zwanzig Autominuten vom Zürcher Stadtzentrum entfernt lag, war geräumig genug, nicht nur der Familie Güney Unterschlupf zu gewähren, sondern auch, einen Schneideraum einzurichten. Dafür stellte uns die Produktionsfirma von George Reinhart, die Limbo Film, ihren Schneidetisch zur Verfügung. Von der Familie erhielten wir sodann die Erlaubnis, unseren Arbeitsplatz im Haus einzurichten. Nachdem wir alle mittels einer 35-mm-Projektion die «Bout-à-bout»-Montage (stumm, Arbeitskopie, etwa 6 Stunden) von Elizabeth Waelchli visioniert hatten, wollte Yılmaz ohne Umschweife mit der Arbeit am Schneidetisch beginnen. In Zürich selbst lebten Nihat Behram und Canan Gerede im gleichen Haus wie Donat und Eliane. Fatoş zog es vor, mit den Kindern ebenfalls in der Stadt zu bleiben. Damals hatte die Cactus Film genügend Fahrzeuge – nicht nur den blauen Ford Transit –, sodass die täglich anfallenden Transporte kein Problem darstellten. Die Arbeit am Film war organisiert. Doch dies alles blieben nur Pläne …

Hürriyet vom 18. Oktober 1981

(Bild: Yılmaz, Fatoş und Yılmaz jun.)

Der Schauspieler Yılmaz Güney ist nicht ins Gefängnis zurückgekehrt. Nun sucht ihn auch die Interpol im Ausland, doch bis jetzt wurde er noch nicht gefunden.

Die Staatsanwaltschaft von Isparta teilt zudem mit:
«Es kann sein, dass Yılmaz Güney unterwegs entweder einen Verkehrsunfall erlitten hat oder von den Verwandten des getöteten Staatsanwaltes entführt worden ist. Beides ist möglich.»

Zudem wurde festgestellt, dass Fatoş Güney, die mit ihrem Kind in die Schweiz geflogen ist, den Mietzins der Wohnung in Isparta für zwei Monate im Voraus bezahlt hat. Die Wohnung wurde nicht geräumt.

Nach den «Bayram-Festtagen» vom 9. bis 11. Oktober 1981 wurde in der Türkei schnell publik, dass Yılmaz nach dem Urlaub nicht ins Gefängnis zurückgekehrt war.

Die Presse war angefixt und stürzte sich auf jede Neuigkeit, um sie auf den Titelseiten der Tageszeitungen auszuschlachten.

Nihat kaufte die türkischen Zeitungen jeweils am Zürcher Bahnhofskiosk und übersetzte uns die wichtigsten Passagen. Dass die türkischen Behörden Yılmaz' Flucht nicht goutierten, war uns bewusst. Dass jedoch die einheimischen Journalisten in detektivischer Kleinarbeit unsere Flucht bald einmal erfolgreich nachzeichnen konnten, überraschte uns dann doch sehr. Es dauerte nicht lange, da waren unsere Spuren in Kemer und in Zürich aufgedeckt.

Wer sich in der Filmszene etwas auskannte, wusste um die Beziehungen der Cactus Film zur Güney Film. Es mutete jedoch mehr als erstaunlich an, als die ersten türkischen Journalisten in Zürich auftauchten und sich telefonisch bei uns meldeten.

Wir hielten uns weiterhin bedeckt und gaben niemandem Auskunft. Doch als dann ein Foto jener Haustür, hinter der Donat, Eliane, Nihat und Canan wohnten, in einer Zeitung abgebildet war, worauf selbst die Namen an den Klingelschildern eindeutig lesbar waren, fanden wir das sehr beunruhigend.

Das Haus, in dem ich im Parterre wohnte, lag am Blumenweg 19. Als ich eines Abends mit dem Auto nach Hause fuhr,

bemerkte ich einen Wagen, der mir ständig folgte.

Ich benötigte tatsächlich einige Runden um den Block, bis ich das Verfolgerfahrzeug abschütteln konnte. Die groteske Szene hätte aus einem Spionagefilm stammen können, doch für mich wurde sie an jenem Abend Realität. Yılmaz, Donat und ich berieten uns nach diesem Vorfall umgehend in meiner Wohnung. Was war zu tun? – Untertauchen! Von vorangegangenen Dreharbeiten für die Fernsehserie «Ein Fall für Männdli» kannte ich den französischen Ort Divonne-les-Bains nahe der Schweizer Grenze bei Genf. Er beherbergte ein gut besuchtes Spielcasino, dessen Gäste aus aller Herren Länder stammten. Der Ort schien uns verlässlichen Schutz zu bieten, denn Yılmaz würde unter den Casinobesuchern kaum auffallen. Und so fuhren wir zwei noch am selben Abend los.

Die Fahrt auf der Autobahn von Zürich nach Genf verlief ohne Zwischenfall, ebenso der Grenzübertritt nach Frankreich, denn Fahrzeuge mit Schweizer Kontrollschildern wurden in der Regel ohne weitere Beachtung von den Grenzposten durchgewinkt, da diese annahmen, die Insassen würden das Spielcasino aufsuchen. Wir übernachteten in einem Hotel, am nächsten Tag hatte ich dann einen Termin beim Bürgermeister. Mit der Visitenkarte von Monsieur Grimaud wurde ich so-

Haus am Blumenweg
19, Zürich, Wohnung
im Parterre

fort empfangen und konnte mein Anliegen vortragen, wonach wir auf der Suche nach einer möblierten Wohnung für vier Personen mit ruhigem Atelier seien.

Der Wunsch wurde erhört: Nach einigen Tagen konnte ich den Schneidetisch im blauen Ford Transit von Zürich nach Divonne transportieren, derweil Elizabeth und Laura den Schneideraum einrichteten. Fatoş und die Kinder kamen bald nach. Und so war die Familie wieder vereint. Selbst der Schulbesuch für die Sprösslinge im Ort wurde geregelt. Was wollten wir mehr?

Im Schneideraum begann Yılmaz' Arbeit damit, die von Elizabeth Waelchli und ihrer Assistentin Laura Montoya zusammengesetzte Arbeitskopie weiter nach bestimmten Kriterien durchzuarbeiten. Einen Stummfilm zu schneiden, ist ungewöhnlich und war für uns damals Neuland. Das Drehbuch gab zwar den Ablauf vor, doch die technische Qualität der einzelnen Einstellungen und das Spiel der Schauspieler mussten unabhängig vom Ton beurteilt werden. Was nicht überzeugte,

wurde ausgeschieden. Sofern die Ausmusterung gut gelang, war bereits ein gewichtiger Teil der Montagearbeit getan. Denn es ergab keinen Sinn, Aufnahmen zu behalten, die nicht zu überzeugen vermochten. Das hätte lediglich bedeutet, das Problem in die nächste Etappe mitzuschleppen. Und der Mut, unbefriedigende Bilder früh auszuscheiden, wird dadurch belohnt, dass die verbleibenden Szenen dafür umso mehr Platz erhalten und so an Kraft gewinnen. Wie sagte Orson Welles:

«Film ist wie Musik, der Rhythmus bestimmt alles, nicht die Instrumente.»

Yılmaz Güney und Elizabeth Waelchli.

Die Zeit in Divonne war in vielerlei Hinsicht eine gute:

Yılmaz konnte sich dort ganz frei und ungezwungen bewegen,

ging allein auf den Markt einkaufen und kochte zu Hause. Auf dem Foto ist er mit Elizabeth Waelchli gerade auf dem Weg in den Schneideraum. Sie und Laura wohnten in Genf und kamen jeden Tag mit dem Auto zur Arbeit nach Divonne. Wir hatten unsere Ruhe und konnten uns auf die Aufgaben und die weitere Planung konzentrieren.

Yılmaz war sehr glücklich, endlich wieder einmal selber im Schneideraum arbeiten zu können und seinen Film während dieser Phase täg-

Yılmaz Güney und Fatoş Güney.

lich zu begleiten. Das Drehbuch zu YOL beschreibt episodisch den Haft-
urlaub von sechs Häftlingen während der Festtage an «Bayram». Es galt,
eine Montage zu finden, die diese sechs Handlungsstränge ineinander
verweben konnte, ohne den Film dabei zu zerstückeln.

Wie sagte doch Georg Janett, unser Cutter-Lehrmeister in der
Schweiz, trefflich:

«Die Dreharbeiten sind die Kritik des Drehbuchs, und die Schnittarbeit

Laura Montoya

**ist die
Kritik der Dreharbeiten.
Der fertige Film
ist die
Kritik der Montage,
und der
Publikumsaufmarsch und
die Reaktionen
sind die
Kritik des Ganzen.»**

Im Dezember 1981 näherte sich der Rohschnitt einer Fassung von etwa 150 Minuten, die wir auf der großen Kinoleinwand begutachten wollten. Zu dieser Vorführung war der Musiker und Komponist Zülfü Livaneli eingeladen, der zusammen mit seiner Frau aus dem Exil in Schweden über Zürich nach Divonne anreiste. Später hat er die Musik zum Film beigesteuert. Ebenfalls anwesend war der Redaktor Martin Schmassmann vom Schweizer Fernsehen, bei dem eine Anfrage für einen Herstellungsbeitrag hängig war.

Nach der Kinovorführung waren wir einhellig der Meinung, dass wir es geschafft hatten, die Schicksale der sechs Häftlinge flüssig zu erzählen. Für die weiteren Arbeiten mussten wir jedoch eine Lokalität finden, die über die nötige Filmtechnik-Infrastruktur verfügte. So ging ich auf die Suche nach einem Tonstudio, um den Film auf Türkisch synchronisieren und die komplette Tonspur – Geräusche, Atmosphäre und Musik – herstellen zu können.

Von links nach rechts, (oben): Elif, Yılmaz, Zülfü, Nihat, (unten) Frau von Zülfü, Yılmaz jun., Fatoş.

Das Leben in Divonne war ruhig und überschaubar. Die mit dem Projekt vertrauten Personen kamen für Besprechungen jeweils am Abend in den Schneideraum oder in die Wohnung von Yılmaz und seiner Familie. Für alle Beteiligten war es sicher schwierig, sich nicht nur in der neuen Umgebung und Sprache, sondern auch in einem Familien-, Arbeits- und Schulumfeld zurechtzufinden, denn wegen Yılmaz' langer Haftstrafe hatte bis anhin ein geregeltes Familienleben nicht stattgefunden. Für alle organisatorischen und produktionellen Fragen war ich zuständig, während für die Güney Film Nihat Behram verantwortlich zeichnete. Auch er kam nach seiner Genesung eines Abends nach Divonne. Dabei kam es zu einer heftigen Auseinandersetzung zwischen Yılmaz und ihm. Denn Yılmaz war mit einigen organisatorischen Dingen in der Güney Film höchst unzufrieden und machte dafür Nihat verantwortlich. Er entzog ihm kurzerhand das Vertrauen und kündigte an, in Zukunft eine andere Person für dessen Posten engagieren zu wollen. Eine sicher harte, wohl aber richtige Entscheidung. Yılmaz tolerierte

keine Schwäche, die im Fall von Nihat zuvor auch fast die gesamte Flucht in Gefahr gebracht hatte. So wie Yılmaz den jungen Regisseur Erden Kıral zu Beginn der Dreharbeiten zu YOL abgesetzt hatte, so verfuhr er nun auch mit Nihat. Ich war von Yılmaz' Härte und Konsequenz beeindruckt.

In Divonne musste die Entscheidung fallen. In welcher Stadt konnten wir die gesamten Ton- und Montagearbeiten ausführen? Yılmaz zog Berlin vor, weil dort eine große türkische und kurdische Gemeinde lebte. Ich plädierte dagegen klar für Paris, weil erstens bis dato nur Frankreich Yılmaz und seiner Familie Asyl gewährte; zweitens hatte ich die entscheidenden technischen Argumente, worauf mir Yılmaz recht gab und einwilligte. In den vielen Besprechungen mit ihm tauchten auch immer wieder jene Fragen auf, die wir schon damals beim Warten im Pinienwald von Kemer erörtert hatten: Wie sollten das Leben und die Arbeit weitergehen?

War es möglich, in Paris zu leben, ohne entdeckt zu werden?

Würden wir genügend Sprecher finden, um den Film zu synchronisieren? Dazu kam, dass das Problem der Finanzierung dieser Arbeiten nicht gelöst war und nun immer dringlicher wurde. Ich musste zwingend weitere Geldmittel beschaffen. Zum Glück sprach das Schweizer Fernsehen als Erstes einen Finanzierungsbeitrag. Und so war die Umsiedlung nach Paris schon bald eine gemeinsam beschlossene Sache.

Alle von mir kontaktierten Tonstudios in Berlin und Paris gaben an, dass sie eine komplette Sprachversion herstellen könnten, jedoch nicht in türkischer Sprache. Wir sollten dafür doch in die Türkei gehen. Ein mir bekannter Produktionsleiter in Paris teilte mir mit, dass das kleine Studio Marcadet in Paris jede Sprache synchronisieren könne: Arabisch, Marokkanisch und so weiter. Ich war ziemlich verzweifelt ob der abschlägigen Antworten aus Paris und Berlin, rief aber trotzdem den Leiter des Studios Gérard Cohen an, der mir mitteilte, dass eine türkische Version herzustellen für sie kein Problem sei. Als ich mit Cohen einige Tage später in Paris die Details besprach, waren er und seine Frau mehr als irritiert, ja verunsichert, als ich auf diverse Sicherheitsvorkehrungen und strikte Geheimhaltung bestand. Auch dass wir einen eigenen Schneidetisch mitbringen würden, erstaunte. Grund dafür war, dass die französischen Schneidetische (Moviola) anders konstruiert waren als unsere und dass Elizabeth Waelchli mit dem deutschen System (Steenbeck) besser vertraut war.

1. Bis in Paris die Arbeiten Anfang Januar 1982 fortgesetzt werden konnten, brauchte es noch einige Vorbereitungen. Um diese zu realisieren, engagierten wir den Kapitän der Yacht, Thierry Maitrejean, hatten wir doch gute Erfahrungen mit ihm gemacht, und wir konnten uns auf seine Diskretion verlassen. Er suchte und fand eine Wohnung für die Familie Güney, kaufte das Mobiliar und organisierte die Schule für die Kinder. Ich bezog im Quartier Latin ein kleines möbliertes Studio und war ständig mit meinem grünen Peugeot 504 in der Seine-Stadt unterwegs.

2. Yılmaz benötigte zudem einen neuen Assistenten, der auch als Dolmetscher fungierte. In der Person von Kerem Bağla fand er ihn schließlich. Von da an konnte ich mich ausschließlich um die Produktionsbelange kümmern.

3. Eine Anlaufstelle für viele Fragen war das Institut Kurde de Paris (www.institutkurde.org). Kerem Bağla fand dort die Synchronsprecher. Neben Laien waren unter ihnen auch professionelle Schauspieler. Yılmaz führte während der Sprachaufnahmen Regie. Für ihn selbst war dies eine spezielle Zeit, denn seit langem konnte er wieder einmal mit seinen Landsleuten arbeiten. Er beauftragte Kerem Bağla zusätzlich, die Güney Film Paris zu gründen. Deren erste offizielle Adresse war zunächst, wenig verwunderlich, seine Privatadresse. Die Gründung war ein zentraler Schritt in eine neue Unabhängigkeit.

4. Mit dem Fortschreiten der Arbeiten waren zusätzliche Filmtechniker vonnöten.

5. Deren Anstellung wiederum erforderte Barmittel, da allen Mitarbeitern in ein- oder zweiwöchigem Rhythmus das Salär ausbezahlt wurde. Um für den Film einen weiteren potenten Finanzpartner zu finden, konnte ich nun für die Vorführung auf einen provisorischen Ton zurückgreifen, auf eine sogenannte Doppelbandprojektion mit einem Vormix, was die Sache erleichterte.

Fernsehdirektor des SWR Horst Jaedicke.

Monate vorher hatte Donat der ARD-Tochterfirma Degeto die englische Übersetzung des Drehbuchs «Bayram», so der Arbeitstitel von YOL, mit der Bitte, eine Kofinanzierung zu prüfen, gesandt. Mittlerweile eilte es, und der damalige Leiter der Degeto unternahm einen letzten Anlauf, eine ARD-Station vom Projekt zu überzeugen. Und so erhielt ich eines Tages einen Telefonanruf des Fernsehdirektors Horst Jaedicke vom SWR (Südwestrundfunk Stuttgart). Er teilte mir mit, er habe das Drehbuch gelesen und möchte gerne eine Schnittfassung sehen. Dafür würde er auch mit seinem Assistenten nach Paris reisen. Da wir uns nicht kannten, versuchte ich den beiden einen möglichst angenehmen Treffpunkt vorzuschlagen und nannte dafür das Restaurant La Coupole, seines Zeichens wohlbekannter Künstlertreff mit einer hervorragenden Küche. Wären Horst Jaedicke und sein Assistent in Orly gelandet, hätte das Lokal auf der richtigen Seite der Seine gelegen. Doch die beiden Herren kamen am damals neuen Flughafen Charles de Gaulle an. Und weil dieser genau auf der gegenüberliegenden Seite von Paris ist, wartete ich geschlagene zwei Stunden allein im schicken Restaurant auf meine Gäste. Durch die Verspätung fiel natürlich das geplante Essen ins Wasser, und erst gegen vier Uhr nachmittags trafen wir gemeinsam im Tonstudio ein. Während der Vorführung saß ich neben Horst Jaedicke und flüsterte ihm einem Souffleur gleich stets die wichtigsten Dialoge ein.

An solchen Vorführungen ist man immer sehr nervös und wartet gespannt auf den Augenblick, an dem der Film zu Ende ist und das Licht im Vorführraum allmählich angeht. Oft herrscht in solchen Momenten eine unerträgliche Stille, die den ganzen Raum vor Spannung zu sprengen droht. Irgendjemand muss dann das Wort ergreifen, um diese Grabesruhe zu durchbrechen. In diesem Fall war es Horst Jaedicke, der mich erlöste, indem er sich ohne zu zögern zu mir umdrehte, mir auf die Schulter klopfte und meinte: «Da sind wir dabei.» Ich schaute ihn darauf so irritiert an, dass er sich zu der Frage veranlasst sah, ob ich ihn denn auch verstanden hätte.

Ich erklärte ihm, dass ich dergleichen noch nicht erlebt hätte, denn meistens sei es doch so, dass zuerst minutenlang um den heißen Brei herumgeredet würde. Er antwortete, dass er dies wisse und deshalb jeweils ohne große Umstände zu dem komme, was Produzenten als Erstes hören wollten.

Zu erwähnen ist, dass an besagten Vorführungen der Regisseur normalerweise zugegen ist. In unserem Fall hielt sich Yılmaz diskret im Hintergrund. Horst Jaedicke bestand nicht darauf, ihn zu treffen. Er meinte stattdessen, wenn er nicht wisse, wo Yılmaz sich befinde, dann sei dies wohl das Beste für alle Beteiligten. Eine Woche später flog ich nach Stuttgart, unterzeichnete den Vertrag mit der Maran Film, einer Tochtergesellschaft des Südwestrundfunks, und erhielt sogleich einen Scheck über die erste Rate von 200 000 Deutsche Mark. Meine finanziellen Probleme waren damit bis zur Fertigstellung des Films gelöst.

Während den weiteren Sprachaufnahmen im Tonstudio kam es zu einem kleinen Zwischenfall: Yılmaz wies einen Laiensprecher an, kurze Sätze zu sprechen. Immer wenn der Sprecher seinen Einsatz hatte, blieb dieser stumm. Dies wiederholte sich einige Male. Darauf nahm Yılmaz den Mann auf die Seite und fragte ihn, wo denn das Problem liege.

Es stellte sich heraus, dass der Mann gar nicht lesen konnte.

Er hatte sich nur als Sprecher ausgegeben, weil er Yılmaz begegnen wollte. Er könne zwar nicht lesen, meinte er, dafür spiele er ein Instrument.

Damit nun der vermeintliche Sprecher vor den Anwesenden nicht gedemütigt wurde, bat Yılmaz ihn, sein Instrument hervorzuholen und allen etwas vorzuspielen. Was der Mann dann spielte, wurde im Studio gleich aufgezeichnet. Und am Ende wurde diese Musik für den Film auch tatsächlich verwendet.

Auch Claude Nedjar von NEF-Diffusion und Marin Karmitz von MK-2 haben mich in den Monaten in Paris intensiv beschäftigt und meine Nerven aufs Äußerste strapaziert. Sie führten dort ihre Firmen mit einem ähnlichen Ziel wie unsere Cactus Film, nämlich, den unabhängigen, künstlerisch wertvollen Film zu produzieren und zu verbreiten. Marin Karmitz war mit seiner MK-2 bereits beim Film SÜRÜ als erfolgreicher Verleiher involviert, und es wäre eigentlich folgerichtig gewesen, wieder mit seiner Firma zusammenzuarbeiten.

Zudem kannten wir seine Mitarbeiter im Verleih persönlich, vor allem Jean Labadie, der für eine Kinolancierung eine engagierte und überaus gute Arbeit leistete. Doch es gab ein gewichtiges Problem: Marin Karmitz war nicht bekannt dafür, pünktlich zu zahlen. Eine große Untugend im Filmgeschäft. Deshalb beurteilten wir in der Cactus Film die Ausgangslage für Frankreich neu und kamen letztlich zum Schluss, dass ich

in Paris einen neuen Verleiher finden müsste.

Gilles Jacob.

So stieß ich auf NEF-Diffusion. Mit Claude Nedjar schloss ich dann einen Verleihvertrag mit einem kleinen Vorschuss von etwa 100 000 Franc ab (umgerechnet 25 000 Franken). Damit konnte ich zumindest die Saläre der französischen Techniker direkt von ihm bezahlen lassen.

Wir hatten die Absicht, den noch nicht ganz fertiggestellten Film der Festivalleitung von Cannes in Paris zu zeigen. Über das Auswahlverfahren dieses internationalen Filmfestivals wussten wir zwei Dinge: Erstens, dass der Leiter des Festivals Gilles Jacob eher klassische, im Dekor üppige und im Milieu der Bourgeoisie spielende Filme bevorzugte. Zweitens, dass er insgeheim – und nicht offiziell – über Mitarbeiter verfügte, die ihm bei der Auswahl der Filme zur Seite standen. Eliane

Das alte, mittlerweile abgebrochene Gebäude des Palais de Festival von Cannes.

Stutterheim von unserem Weltvertrieb kannte die Namen dieser «inoffiziellen Berater», und sie unterrichtete diese, dass unser Film sich in Paris in der Postproduktion befände. Auf diese Weise konnte ich die Personen direkt kontaktieren und ihnen die speziellen Produktionsbedingungen schildern.

Anfang April hatten wir einen fertigen Bildschnitt und einen Tonvormix, sodass ich den Film in den Lokalitäten des Filmfestivals in Paris vorführen konnte.

Normalerweise akzeptiert das Festival keine Begleitpersonen, die vor dem Vorführraum warten. Doch ich hatte gute Gründe, den Film zu sekundieren, wollte ich ihn doch keinesfalls aus den Augen lassen, weil unser Team sofort nach der Aufführung wieder daran weiterzuarbeiten hatte. Die Fertigstellung auf den Festivaltermin hin war ohnehin ein sehr ambitioniertes Vorhaben. Nach der Vorführung begegnete ich Gilles Jacob, der mir mitteilte, dass er den Film in dieser Form leider nicht berücksichtigen könne:

«Le film est au début trop confus et trop long»,

der Film sei also im Anfangsteil zu konfus und zu lang. Sofern wir die entsprechenden Stellen aber überarbeiteten, fügte er an, nehme er den Film gerne in den Wettbewerb auf.

Nun kam wohl der schwierigste Teil meiner Mission in Paris. Zuerst musste ich die Nachricht Yılmaz überbringen, dann die uns «zugewandten Orte» wie die NEF-Diffusion und die engen Berater von Gilles Jacob orientieren.

So fuhr ich am Abend zu Yılmaz, der bereits in der Wohnung auf mich wartete. Ich werde niemals sein Gesicht vergessen, als ich ihm mitteilte, dass der Festivaldirektor Änderungen am Film wünsche. Er

Szenenfotos aus dem Film YOL aus jener Sequenz, die vor dem Endschnitt entfernt wurde.

wurde ganz blass und blieb lange stumm. Auch ich hatte eine derartige Situation noch nicht erlebt. Auseinandersetzungen mit Fernsehredaktionen um einen Feinschnitt waren wir uns gewohnt, doch dass ein Festival so direkt Änderungen verlangte, war sehr außergewöhnlich, zumal es explizit den freien Autorenfilm groß auf seine Fahne geschrieben hatte. Wir berieten lange, was die Forderung für uns zu bedeuten hatte, und kamen sehr bald zum Schluss, dass die Absicht, am Festival von Cannes teilnehmen zu können, für unsere weitere Entwicklung von enormer Bedeutung war. Denn damit würde unsere «geheime Sache» endlich publik und öffnete den Weg zu zukünftigen Produktionen. Auf ein nächstes großes Festival zu warten wie auf die Festspiele von Venedig im September, kam nicht infrage.

Nachdem wir die Sache ausdiskutiert und unsere Nerven beruhigt hatten, versprach mir Yılmaz, am nächsten Tag mit der Cutterin Elizabeth Waelchli einen Weg aus der Sackgasse zu suchen. Diese langen Gespräche mit Yılmaz wurden jeweils von einem kleinen Ritual begleitet:

Wir schenkten uns kleine Gläser Calvados ein, er rauchte seine kleinen Davidoff-Zigarillos und ich meine Gauloises bleues, und wir debattierten ausgiebig.

Gut gelaunt kam am nächsten Morgen Yılmaz in den Schneideraum. Er überraschte uns alle, indem er gleich zu Beginn erläuterte, wie er dem Wunsch von Gilles Jacob nachkommen wolle: Er hatte sich entschieden, eine Figur im Film wegzulassen, nämlich die jenes Häftlings, der anstatt sofort zu seiner Familie zurückzukehren, zuerst sein Geld im Casino verspielt, zu viel trinkt, ein Bordell aufsucht und schließlich zu Hause seine Frau schlägt. Sie war die kürzeste der sechs Episoden, hatte vom Bildmaterial her ohnedies am wenigsten überzeugt und erzählte zudem inhaltlich nichts Neues. Mit dem Cut verkürzte sich der Film um knapp fünf Minuten und wurde darüber hinaus in den Anfangssequenzen überschaubarer, denn der Zuschauer brauchte in den Parallelmontagen nunmehr nur noch fünf Figuren zu folgen. Eine Lösung, die dem Film nicht nur einen besseren Rhythmus verlieh, sondern auch technisch einfach umzusetzen war.

In einer intensiven konstruktiven Auseinandersetzung mit Elizabeth Waelchli wurden weitere kleine Abschnitte weggelassen,

sodass der Film insgesamt um knapp zwölf Minuten kürzer wurde.

Zu meinem Erstaunen verlangte Gilles Jacob keine Kontrollvorführung mehr, sondern vertraute uns. Der Zeitplan für die Fertigstellung war nach wie vor eng, jetzt aber konnten alle mit vollem Elan an die Arbeit gehen, denn die wichtigsten Fragen waren geklärt:
- Wir werden in Cannes am Wettbewerb die Welturaufführung von YOL erleben.
- Der französische Verleiher NEF-Diffusion wird uns in Cannes unterstützen.
- Das Kopierwerk Cinégram SA in Genf und die Untertitelungsanstalt Cinétyp AG in Luzern gaben uns die Zusage, den Film fristgerecht abzuliefern.
- Die noch ausstehenden Produktionskosten waren mit den Beiträgen von Südwestrundfunk Stuttgart und Schweizer Fernsehen gedeckt.

An dieser Stelle möchte ich mich an eine Frage heranwagen, die ich mir oft gestellt habe: Bereits während seiner Zeit in der Türkei hatte sich Yılmaz einen Arbeitsrhythmus antrainiert, an den sich nur wenige Menschen gewöhnen konnten. Ich erinnere ans Jahr 1971, als er in der Türkei sieben Filme realisierte. Wie war dieses Arbeitspensum nur zu bewältigen? War Yılmaz eine Ausnahmeerscheinung oder ein derart disziplinierter Künstler?

An einem unserer Abende mit Calvados und Zigarillos habe ich ihn nach seinem «Geheimnis» gefragt. Seine Antwort lautete: «In den Gefängnissen herrscht wie überall auf der Welt eine interne Hierarchie. Neben den vielen Freunden hatte ich auch einige Feinde. Auch im Gefängnis musste ich demnach achtsam bleiben.

Es wäre ohne Weiteres möglich gewesen, dass ein Mitgefangener aus wie auch immer gearteten Motiven heraus oder aufgrund von Anweisungen von außerhalb der Gefängnismauern einen Anschlag auf mich plante. So habe ich mir angewöhnt, in einem speziellen Modus zu

schlafen: Ich legte mich hin, aber versank nie in einen Tiefschlaf, es war eher ein Halbschlaf.

In dieser Phase dachte ich mir meine Geschichten aus. Und das tue ich noch immer.

So kann es durchaus sein, dass ich nach einer Stunde aufstehe und mir sofort die entsprechenden Notizen mache. Dann lege ich mich wieder hin, um weiterzudösen. Ich stehe am Morgen früh auf und schreibe sofort daran weiter.»

Jetzt verstand ich besser, wie er die letzte Nacht nach unserer schwierigen Diskussion verbracht hatte. Er wollte unbedingt eine Lö-

sung finden, ohne dass der Film an Gehalt verlor. Viele Filmschaffende kennen diese stressigen Situationen. Ein derartiges Problem kostet viel Kraft und noch mehr Nerven. Ich war beeindruckt und fand seinen Vorschlag genial – ein Wort, das man eigentlich sehr selten gebrauchen sollte. Hier aber hat es gepasst.

Mein Staunen ging weiter. Während der Zeit der Postproduktion von Januar bis April in Paris sprach Yılmaz immer besser Französisch, sodass wir uns bald in meiner Lieblingsfremdsprache unterhalten konnten. Ebenfalls in dieser Zeit übergab mir Yılmaz drei Exposés. Diese waren von Kerem bereits ins Französische übersetzt worden. Er wollte von mir wissen, welches mir am besten gefiel, selbstverständlich immer im Hinblick auf die Planung eines gemeinsamen Films. Eine der drei Geschichten sagte mir denn auch besonders zu. In der Erzählung geht es darum, dass ein älterer Mann irgendwo auf dem Land in der Türkei seinen Kredit zurückzahlen muss. Doch besitzt er hierfür nicht genügend Geld. Nach inständigem Bitten gibt ihm sein Gläubiger Aufschub. Doch

Edi, ein Vertreter einer kurdischen Organisation und Yılmaz Güney.

der Mann realisiert, dass er auch mit sehr harter Arbeit niemals den geschuldeten Betrag wird aufbringen können.

In seiner Not setzt er alles auf eine Karte, dreht den Spieß um und versucht stattdessen, ohne zu arbeiten Geld zu verdienen. So kauft er mit seinen letzten Ersparnissen einen Kampfhahn, besucht mit diesem alle Hahnenkämpfe der Umgebung und wettet dabei auf sein Tier. Das Ende der Geschichte ist für den älteren Mann tragischer und hoffnungsloser als der bedrückende Anfang: Sein Hahn wird bei einem der Kämpfe tödlich verletzt.

Ende April fuhren wir wieder mit dem Zug nach Genf ins Schweizer Kopierwerk, wo die erste fertige Kopie gezogen wurde, die sogenannte Nullkopie. Normalerweise wird diese in Zusammenarbeit mit dem Kameramann hergestellt, weil nur er die Licht- und Farbbestimmung vornehmen kann.

Das war in unserem Fall natürlich nicht möglich, sodass der Techniker des Kopierwerks, Gérard Hervochon, diese Arbeit selbstständig

erledigen musste. Gérard hatte in solchen Dingen aber eine große Erfahrung, war er doch Labortechniker, der las vorher nicht nur das Drehbuch, sondern erkundigte sich auch über Stimmungen, Landschaften und Lichtverhältnisse. Auf dem Tisch liegen die sechs Schachteln mit dem kompletten Film als Nullkopie, während sich in der kleinen Box zuoberst der Trailer befindet, auch Vorspann genannt. Für das Festival wurden anschließend aus Sicherheitsgründen zwei Kopien des Films gezogen. Die Nullkopie ging auf dem schnellsten Weg zur Untertitelungsanstalt Cinétyp in Luzern, damit diese mit der Anpassung der französischen und englischen Untertitel beginnen konnte.

Mit der Fertigstellung der ersten und zweiten Kopie samt Trailer, der Auswahl der Aushang- und Pressefotos, dem Auftrag für ein Filmplakat und dem Abschluss der Produktionsbuchhaltung waren nun die wichtigsten Produktionsarbeiten beendet. Das Foto, das vom Schweizer Filmkritiker Martin Schaub aufgenommen wurde, zeigt zwei ziemlich abgekämpfte Personen. Schaub erhielt vor dem Festival in Cannes bereits einen exklusiven Blick hinter die Kulissen unserer Produktion, einschließlich Interview mit Yılmaz. Seine Eindrücke hat er im Mai 1982 in einem ausführlichen Artikel im «Tages-Anzeiger-Magazin» festgehalten (vgl. Website www.yol-the-book.com). Der junge Mann, neben Yılmaz auf dem Bild auf Seite 118, wird später in Aktion treten …

Für die Lancierung eines Films braucht es Pressematerial. In unserem Fall war das Presseheft sehr schlicht gestaltet. Das vollständige 17-seitige Booklet befindet sich im Nachspann ab Seite 212. Die Drehequipe in der Türkei benannte im Vergleich zum Abspann heutiger Filme nur wenige Techniker. Die sogenannte Stammcrew hatte über eine längere Zeit in einer ganz bestimmten Funktion und unter heiklen und oft gefährlichen Situationen für den Film gearbeitet. Yılmaz war sich dieser Tatsache bewusst. Aus diesem Grund platzierte er im Nachspann des Films folgenden Text:

«Our heartfelt thanks to all the friends who, despite the numerous risks involved, contributed to the making and completion of this film under very hard conditions. They will live on through this film.»

«Unseren herzlichsten Dank an alle Freunde, die unter schwierigsten Bedingungen und trotz aller Risiken zur Herstellung und Fertigstellung dieses Films beigetragen haben. Sie werden durch diesen Film weiterleben.»

Die endgültigen Titel und Texte abzufassen, war die eine Sache, doch nun galt es auch die Produktion mit Unterlagen auszustatten, die die vertraglichen Verhältnisse regelten. Bis zu diesem Zeitpunkt arbeiteten wir auf Handschlagbasis.

Die folgenden zwei Abbildungen, die Koproduktionsvereinbarung und die Bestätigung der Autorenrechte, habe ich in Paris auf einer portablen Schreibmaschine getippt. Sie wurden von Yılmaz und mir unterzeichnet und entsprechen dem Sinn und Geist unserer Zusammenarbeit. Unabhängig davon bestanden Verleih- und Weltvertriebsverträge mit der Cactus Film AG.

Paris et Zurich, 1 avril 1982

CONTRAT DE CO-PRODUCTION DU FILM "YOL"

après le scénario "BAYRAM" de Yilmaz Güney
Film tourné en Turquie dans la période de janvier - mai 1981
Film monté (prémontage) en Suisse dans les mois de juillet - octobre 8
Travaux de finition en France dans les mois de novembre - mars 1982

Co-Production France/Suisse 50 : 50
entre Güney Film, Paris (société en formation)
et   Cactus Film AG, Zurich

Mon cher ami Yilmaz,

Après tout ce temps depuis notre première rencontre nous avons
pu travailler ensemble en pleine confiance et nous arrivons bientôt
à la fin de notre première étape: le film terminé !

Par la présente nous nous confirmons nos accords oraux dans le but
que nos partenaires connus ou futurs savent ce qui est la base
de notre accord:

1. Le budget est arreté à SFr. 1'090'000.- ou FF 3'270'000.-

2. Cactus Film AG, Zurich, représenté par Edi Hubschmid est le
   producteur exécutif et garantit la bonne fin du film.

3. Après la récuperation du coût du film (Sfr. 1'090'000.-) les
   recettes (parts producteurs) seront partagés (50:50).

4. Dès le début du tournage jusqu'à la formation finie de la
   société Güney Film, Paris, Cactus Film AG, Zurich, représenté
   par Edi Hubschmid a le droit de signer tous les accords con-
   cernant ce film sur la base de cette accord de co-production.

5. Cet accord est fait à Paris et Zurich en quatre exemplaires.

6. Tous changements de cet accord doivent être fait en quatre
   exemplaires par écrit.

Zurich, 1 avril 1982   Paris, 1 avril 1982

Cactus Film AG   Güney Film (société en formatic
Edi Hubschmid   Yilmaz Güney

Dorfstr. 4 - Postfach 258
8037 Zürich - Tel. 01 / 44 87 11

CACTUS
FILM

Zurich, 27 mars 1982

ATTESTATION DES DROITS D'AUTEUR

Je soussigné, Yilmaz Güney, c/o Cactus Film AG,
Zurich, auteur du scénario intitulé "BAYRAM",
certifie avoir autorisé la société Cactus Film AG,
Dorfstr. 4, 8037 Zurich, Suisse, a produire et
exploiter le film tiré de cet oeuvre pour une
durée illimitéé.

Date: 29.3.1982 ....   Signature: _Yilmaz Güney_
                                          (Yilmaz Güney)

Festival von Cannes

Freitag, 14. Mai,
bis Mittwoch, 26. Mai 1982

Am Freitag, 14. Mai, wurde das Festival eröffnet. An der Pressekonferenz gab Gilles Jacob bekannt, dass es sich beim angekündigten «film surprise» um den Film YOL von Yılmaz Güney handeln und dass der Autor und Regisseur persönlich anwesend sein würde. Damit hatte das Festival jegliche politische und diplomatische Einmischung verunmöglicht,

denn Samstag und Sonntag waren für die Behörden Ruhetage,

sodass vor Montag keine Protestnote würde eintreffen können. Bis dann aber wären wir schon lange wieder abgetaucht, während für Gilles Jacob das Festival seinen gewohnten Lauf nehmen würde.

Für uns bedeutete dies aber gleichzeitig, dass wir zu Beginn des Festivals bereit sein mussten, wobei Gilles Jacob betonte, dass er lediglich für die Sicherheit innerhalb des Palais de Festival sorgen könne. Der Rest sei unsere Sache. So kontaktierte ich ein weiteres Mal Monsieur Grimaud vom Innenministerium, der mir auftrug, mich beim Kommissariat von Nizza zu melden, wo man uns weiterhelfen würde.

Und so kam es zur paradoxen Situation, dass beim Polizeichef von Nizza zwei Eilmeldungen eingingen:

zum einen der Interpol-Haftbefehl für Yılmaz Güney (die Türkei ist Interpol-Mitglied); zum anderen die Anweisung des französischen Innenministeriums, der Cactus Film zwei Bodyguards zum Schutz von Yılmaz Güney zur Verfügung zu stellen.

Wie wir später erfuhren, hatte diese reichlich skurrile Konstellation zu Konfusionen geführt, die einer längeren Abklärung zwischen Nizza und Paris bedurfte, sodass unsere Personenschützer erst am Samstag, 15. Mai, um 12 Uhr bei uns eintrafen.

Yılmaz hatte

mit Kerem Bağla einen tüchtigen Assistenten ausgewählt.

Schon während der Postproduktion arbeitete er mit viel Elan, war ausgesprochen zuverlässig und pünktlich. Er hat wohl erst mit der Zeit erkannt, welch umfangreiche Arbeiten auf ihn zukommen würden. Denn Yılmaz war nicht nur Autor, Regisseur, Produzent und Familienvater, sondern auch ein durch und durch politischer Mensch. Neben seinem filmischen Schaffen war die politische Arbeit darum ebenso wichtig. In Cannes erhielten wir via Marie-Christine nicht nur viele

Anfragen von Filmjournalisten, sondern Kerem musste auch die Möglichkeitenen für ein politisches Statement abklären.

Aus Zürich transportierten wir – wiederum mit dem blauen Ford Transit – das Presse- und Werbematerial zum Film nach Cannes. Dazu gehörte auch das von Art Ringger gestaltete Plakat, das für die Kinoauswertung in der Schweiz konzipiert worden war. Dessen Spezialität war es, bereits im analogen Zeitalter eine ausgefeilte Fotomontagetechnik zu entwickeln. So hatte er den Titelschriftzug YOL aus Holz geschnitzt, diesen mit einem Bunsenbrenner erhitzt, bis es glühte, um die glimmende Kohle abzufotografieren und im Plakat einzusetzen. Wie vielen anderen Grafikern auch konnte man Art Ringger einen Film vorführen, worauf sogleich zwei bis drei Vorschläge für ein entsprechendes Plakat aus ihm heraussprudelten. Das von ihm in das Plakat eingepasste Bild unter dem Titel zeigt im Übrigen eine Schlüsselszene des Films.

Für unser Büro hatte Donat eine Wohnung im neuen Gebäude «Gray d'Albion» an der Croisette ausgewählt. Da es zentral gelegen war, war der Fußmarsch zum Palais und zu den wichtigen Hotels Martinez

Kerem Bağla

Plakat: Art Ringger

und Carlton kurz. Entscheidend jedoch für die Wahl war wie immer der Sicherheitsaspekt. So war unten an der Haustüre eine Videokamera installiert, sodass wir stets in der Lage waren, zu sehen, wer eingelassen werden wollte. Zudem befand sich eine weitere Kamera am Eingang zur Wohnung.

Zusätzlich wurden uns ab Samstag zwei Personenschützer zur Seite gestellt,

mit denen wir sofort Freundschaft schlossen. Die Bodyguards hätten unterschiedlicher nicht sein können: Der eine war ein breitschultriger Riese, der andere ein schmalbrüstiger Zwerg. Doch jeder hatte seine eigenen Qualitäten. Auf die Frage, wo sie denn ihre Pistolen versteckten, antwortete der Hüne, er trüge sie hinten in der Hose. Im Bedarfsfall könnte er unter das Jackett nach hinten greifen und sie ziehen. Der Kleine hatte demgegenüber die Waffe vorne in die Hose gesteckt und würde das Jackett erst öffnen, wenn es nötig wäre. Jeder behauptete natürlich, dass seine Methode die bessere, weil schnellere wäre. Es stand außer Frage: Die beiden Männer waren Vollprofis. Meine Neugier blieb weiterhin groß, und ich konnte mir deshalb die Frage auch nicht verkneifen, ob sie denn schon einmal einen Menschen hätten töten müssen. Beide bejahten dies mit einem Kopfnicken. Weitere Details zu erfragen, unterließ ich aber. Wir verstanden uns auf Anhieb, und sie meinten, dass wir doch ganz «normale» Leute seien, anders als die VIPs oder deren Entourage, die sie sonst zu beschützen hätten. Während sie diese auf Segelyachten, in Diskotheken und sonst wohin begleiten müssten, sei es bei uns direkt gemütlich. Und sie verstünden für einmal den Grund für den Personenschutz. Der war insbesondere im Red-Carpet-Bereich angebracht. Im Gegensatz zum heutigen Palais (siehe Bild auf Seite 111) war dieser damals kleiner dimensioniert und somit schneller zu überblicken respektive zu überwachen.

Das Dokument auf Seite 130 listet die damalige Jury des Festivals von Cannes auf. Auf der fünften Zeile ist Mrinal Sen aus dem früheren Kalkutta durchgestrichen. Dies bedeutet jedoch keineswegs, dass er kein Jurymitglied war, im Gegenteil. Mit ihm hatte unser Weltvertrieb schon längere Zeit zusammengearbeitet, womit wir mit Mrinal Sen sozusagen einen Verbündeten im Gremium sitzen hatten. Wir konnten zudem darauf zählen, dass wir die Interna der Jury erfahren würden. Geht man die

Liste des Gremiums von 1982 durch, darf getrost konstatiert werden, dass dieses äußerst kompetent war. Jede einzelne Person steht für große Leistungen in der damaligen Film- und Literaturszene. Was ein Außenstehender nie erfährt, ist, wie die Jury intern funktioniert. Manchmal herrscht von Anfang an Konsens, ein anderes Mal wird lange gestritten, debattiert und um einen Beschluss hart gerungen. Die jeweilige Weltlage und diverse soziale wie politische Vorkommnisse beeinflussen die Kriterien, die in der Jury zur Anwendung gelangen. Auch deren Präsident, in unserem Fall Giorgio Strehler, besitzt einen gewichtigen Einfluss. Trotzdem kann ein Festivalleiter nie zum Voraus wissen, wie seine Jury entscheiden wird. Diese Umstände garantieren Spannung bis zuletzt.

Da es damals noch keine Computer und Mobiltelefone gab, organisierte man sich stattdessen mit Agenden. Anhand der Eintragungen aus der meinigen für Freitag und Samstag ist der ungefähre Ablauf der ersten zwei Tage in Cannes abzulesen: Die Einträge für den 14. Mai zeigen,

```
* ✠
  822843 CF CH
* FESTIFI 650765F


* ATT. MR. ELLISDRIESSEN
* CACTUS FILM ZURICH


* PLEASE FIND HEREWITH THE 1982 JURY MEMBERS ADRESSES :
* FLORIAN HOPF / KEPLERSTRASSE 2 - 8000 MUNCHEN
* SIDNEY LUMET / 156 WEST - 56TH STREET - NEW YORK -
* N.Y. 10019
* MRINAL SEN - 14 BELTOLA ROAD - CALCUTTA 700026
* CLAUDE SOULE - C.S.T. - 11, RUE GALILEE 75016 - PARIS
* GIORGIO STREHLER
* VIA MEDICI N. 15 - 20123 MILAN - ITALIE
* RENE THEVENET / 50, AV. MARCEAU 75008 PARIS
* J.J. ANNAUD / LE MOULIN - CHEVRY - 45210 FERRIERES
* MME SUZO CECCHI D'AMICO - VIA PAISIELLA 27 - 00198 ROMA
* GERALDINE CHAPLIN - CANOS DEL PERAL N. 1 - MADRID 13
* GABRIEL GARCIA MARQUEZ - APARTADO POSTAL 20736
* MEXICO 20 D.F. MEXIQUE
* BEST REGARDS - FESTIVAL INTERNATIONAL DU FILM


* ✠
  822843 CF CH
* FESTIFI 650765F


  IN-00442
  10.09.84/12:57
```

dass meine zum Festival eingeladenen Eltern im Hotel Grand Bretagne logierten. Weiter hatte ich meinem Bruder Bruno 500 und Therese 3000 Franc Vorschuss gewährt. Ein Meeting war an jenem Tag auf 11 Uhr im Palmier angesetzt, leider steht nicht, mit wem. Zudem sollte ich dringend Jules Dassin und Melina Mercouri in Athen anrufen. Und unsere Pressebetreuung Marie-Christine Malbert musste die Tickets für unsere Gäste der Samstagabendvorführung im Palais besorgen. Die Eintragungen für den 15. Mai weisen den Samstag als einen hektischen Tag aus: Um 8.30 Uhr fand eine Pressevorführung im Palais statt, um 11 und 13 Uhr im Miramar dann Pressekonferenzen. Dazwischen um 12 Uhr trafen wir zum ersten Mal unsere beiden Bodyguards, die dann auch am Nachmittag für die vier Interviews in unseren Büros ab 15 Uhr zur Verfügung standen. Die öffentliche Welturaufführung fand um 20 Uhr im Palais statt. Anschließend hatten wir einen Tisch im Hotel Martinez reserviert. Zum Glück waren unsere Büros mit zusätzlichen Räumen mit

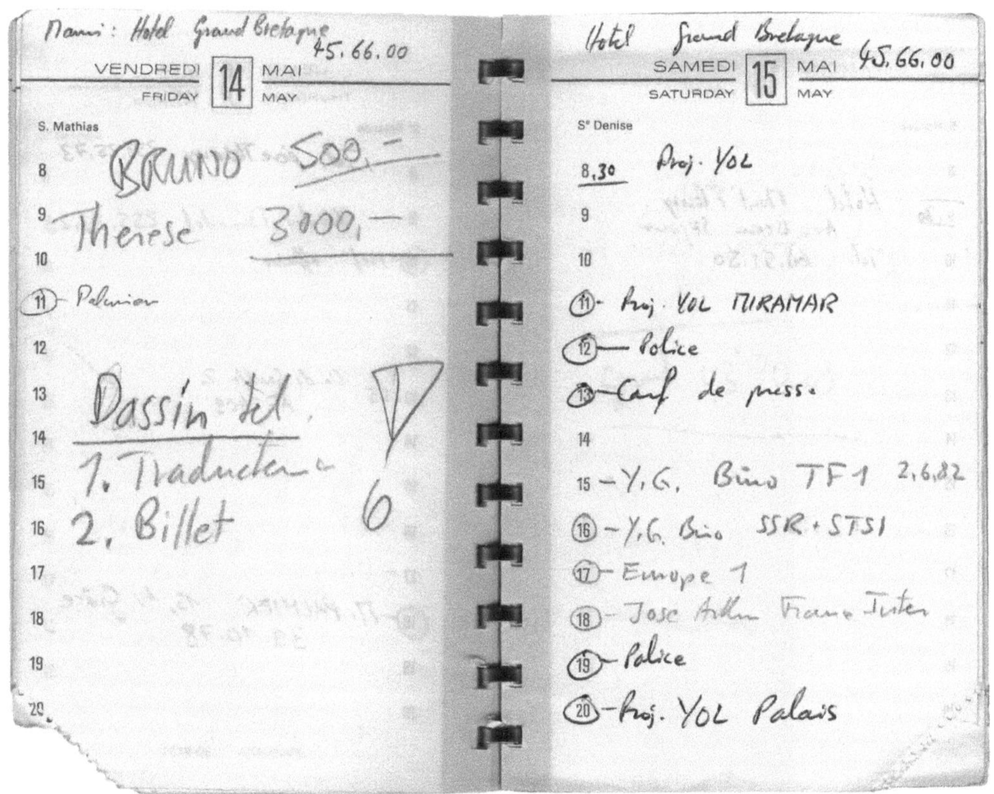

Betten ausgestattet, sodass man dort auch schlafen und den in Cannes unverzichtbaren Tenuewechsel vollziehen konnte.

Die Pressekonferenz begann, wie alles in Cannes, sehr pünktlich. Der Saal war gerappelt voll, und wir spürten sofort, dass der Film bei den Kritikern gut angekommen war. Anne Head zu Yılmaz' Linken leitete die Pressekonferenz des Festivals. Sie beherrschte zwar mehrere Sprachen, trotzdem wurde der Leiter des «Institut Kurde de Paris», Kendal Nezan, für Übersetzungshilfen hinzugezogen. Mit dabei war damals auch Kerem Bağla (zur Rechten von Yılmaz).

Yılmaz war ganz in den Fokus gerückt.

Die sehr beeindruckten Journalisten stellten denn auch zahlreiche Fragen zum Film und zu dessen Aussage sowie zur aktuellen politischen Lage in der Türkei. Yılmaz beantwortete die Fragen stets ruhig und überlegt auf Türkisch, wobei die Übersetzungen von Kendal und Kerem äußerst präzise waren. Die große Anspannung war bei Yılmaz und allen Beteiligten zu spüren. Auch im Saal herrschte eine knisternde Spannung.

Auf Fragen nach der Flucht aus dem Gefängnis und der Türkei jedoch gab Yılmaz keine näheren Auskünfte. Dies tat er mit dem Verweis auf Repressionen, denen die involvierten Personen sonst ausgesetzt sein würden. Dies wurde denn allgemein auch mit Verständnis zur Kenntnis genommen und nicht weiter nachgehakt. Offenbar reichte unsere Pressemappe vollends aus, denn es wurden keine Fragen betreffend die Produktion gestellt, worüber ich nicht unglücklich war, denn ich muss eingestehen, dass ich zu jenem Zeitpunkt äußerst nervös war und womöglich keinen vernünftigen Satz hätte formulieren können.

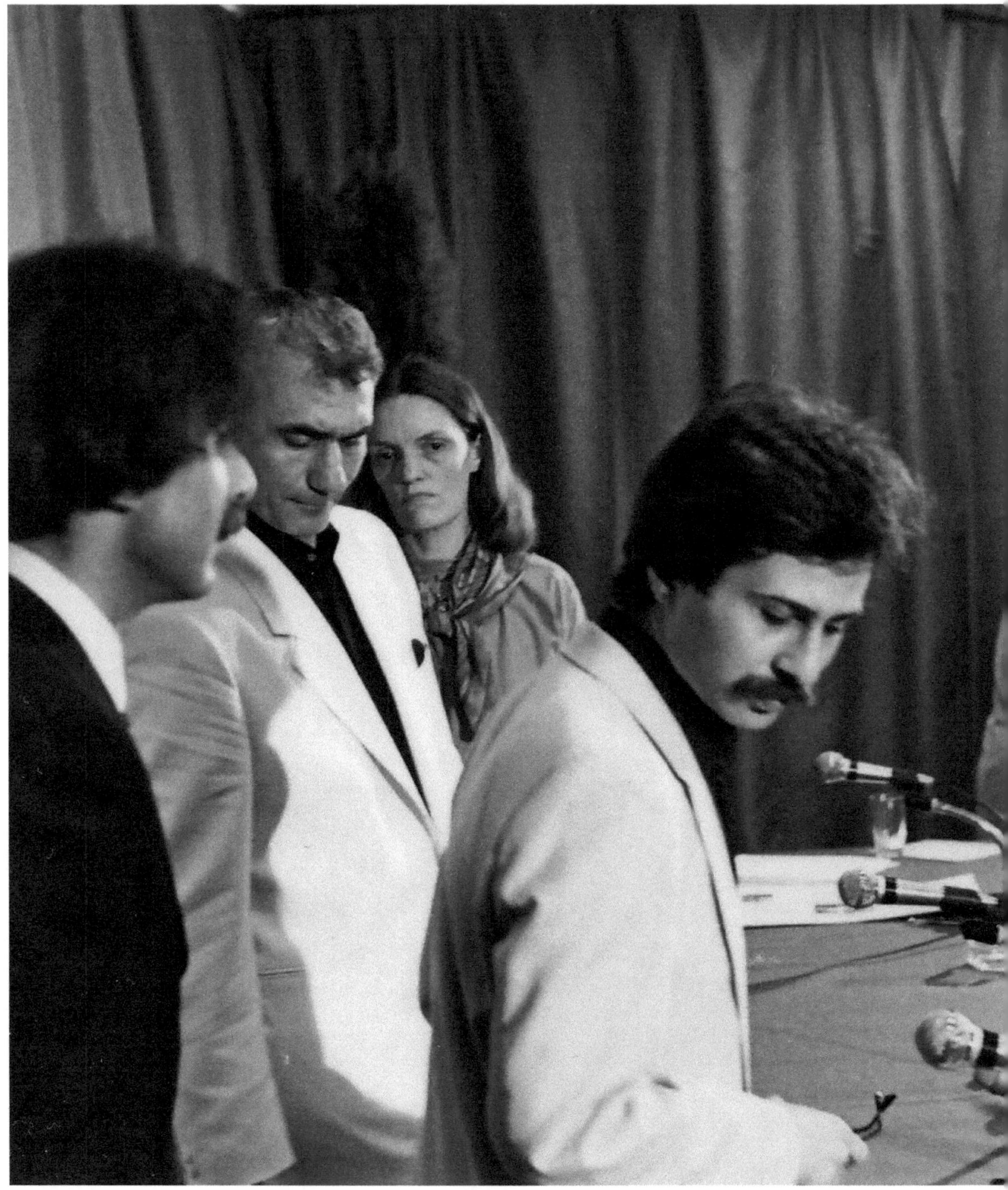

Gleich nach der Pressekonferenz begann der Interviewmarathon. Zuerst im Studio bei TF1, das täglich live vom Festival berichtete. Darauf ging es in unser Büro für Radiointerviews mit dem Schweizer Radio und mit France Inter. Am Ende stand noch eines mit José Arthur an, einer Ikone des französischen Kulturradios. Den gesamten Ablauf organisierte damals Marie-Christine Malbert, unsere Presseattachée, die uns einen großzügigen Zeitplan skizziert hatte: Jeder Radiostation wurde eine Stunde für ihr Interview zur Verfügung gestellt. Für Yılmaz und die Übersetzer war das zwar anstrengend, doch ermöglichte es ihnen auch, ausführliche Erläuterungen abzugeben.

Am Schluss einer Kinoauswertung wird bei den Verleihern eine Sammlung aller Pressereaktionen zusammengestellt. Eine solche Sammlung, die etwa siebzig Seiten in verschiedenen Sprachen umfasst, ist auf der Website www.yol-the-book.com einzusehen.

YOL

Die Reaktionen auf YOL
waren ausnahmslos positiv.

Ich kann mich nicht erinnern, dass missfällige Äußerungen, was Form und Inhalt des Films betrafen, formuliert wurden. Nach den vier Interviewstunden blieb gerade einmal Zeit dafür, uns umzuziehen. In Cannes ist der Besuch der Hauptvorführungen im Palais nur in Abendrobe und im Smoking erlaubt. Die Kleiderkontrolle findet immer statt – und sie ist unerbittlich. Wer glaubt, nur in Jeans, Jackett und Krawatte den Saal betreten zu können, wird schnell eines Besseren belehrt. In jenem Jahr fand das Festival zum letzten Mal im alten Palais statt, das heißt, es war weniger pompös, als dies heutzutage der Fall ist. Von der Straße waren es einige wenige Stufen bis ins Innere des Palais. Dort war die Festivalleitung um Gilles Jacob für unsere Sicherheit besorgt. Wir dagegen hatten uns mit den uns zur Verfügung gestellten Bodyguards um Yılmaz' Schutz bei der Ankunft am und der Rückfahrt vom Palais zu kümmern. Mein Bruder chauffierte in seinem geräumigen amerikanischen Wagen Yılmaz und Fatoş zusammen mit den Personenschützern und weiteren Begleitern. Da er auf mögliche Verfolger achten und sie gegebenenfalls abschütteln musste, fuhr er jeweils unterschiedliche Routen. Dies war insbesondere am Abend wichtig, wenn er die Güneys nach Hause fuhr.

Das Festival mit YOL zu starten, war eine fabelhafte Idee. Sie schien auf den ersten Blick gewagt, doch der Festivalort war ausreichend überschaubar und dadurch verhältnismäßig einfach zu kontrollieren. Wie das Foto auf Seite 140 zeigt, waren wir stets in Yılmaz' Nähe und ließen ihn nicht aus den Augen. Zudem wurde er von den Personenschützern begleitet. Dass diese Vorsichtsmaßnahmen nicht übertrieben waren, würde sich bald zeigen …

Auf dem Bild Seite 141 (unten rechts) ist zu sehen, dass auf der gegenüberliegenden Straßenseite an der Croisette vor dem Palais de Festival zu der Zeit eine Demonstration von etwa 400 Personen für ein freies Kurdistan stattfand. Die Kundgebung war natürlich kein Zufall, sondern eine von langer Hand vorbereitete Orchestrierung unsererseits. Der junge Mann, der auf dem Foto auf Seite 116 neben Yılmaz stehend abgebildet ist, war ein Vertreter einer kurdischen Organisation, die dafür besorgt war,

YOL
YOL
A FILM BY
YILMAZ GÜNEY
A FILM BY
YILMAZ GÜNEY

dass zu jenem Zeitpunkt eine große Anzahl Kurden auf der Croisette friedlich auf den ungelösten Konflikt in der Türkei aufmerksam machte.

In diese Vorbereitungen war ich insofern involviert, als ich mit einem Betrag von 5000 Franken aus der Produktionskasse einen Teil an die Reisespesen dieser Leute beisteuerte. Wenn Yılmaz auf der Fotografie (Seite 141, rechts oben) also in die Hände klatscht, dann gilt der Beifall der kurdischen Demonstration vor dem Palais. Diese Aktion

Fatoş, Yılmaz, Kerem und Edi.

zeigt deutlich, dass es Yılmaz niemals allein um seine Künstlerkarriere ging, sondern dass er keine Gelegenheit ausließ, sich auch für politische und gesellschaftliche Anliegen der Türken und Kurden einzusetzen.

Im Palais hatten wir unsere Plätze auf dem Balkon in der ersten Reihe. Für jemanden, der sich herkömmliche Kinosäle gewohnt ist, sind die Vorführeinrichtungen an den publikumsträchtigen Festivals überwältigend. Die Säle dort sind sehr hoch, und die Sitzreihen steil gebaut.

Ich erinnere mich noch gut daran, wie das Publikum am Schluss der Vorführung sich für die Standing Ovations aus den Sitzen erhob, worauf Yılmaz ebenfalls aufstand, um den Beifall entgegenzunehmen. Ich sehe noch heute vor meinem inneren Auge, wie in der gleichen Reihe auch meine Mutter stehend klatschte – mit Tränen der Rührung in den Augen.

«Monsieur et Madame Rousseau-Cocteau aus Cannes, La Bocca» – das stand im Adressteil meiner Agenda unter der Buchstabenrubrik G. (siehe Seite 142/143) Das aber war Fiktion, Täuschung. Denn es gab na-

türlich keinen Monsieur Jean-Jacques Rousseau und keine Madame Cocteau, die am Chemin Courgettes 11 wohnten. Bei diesem Eintrag handelte es sich um die Tarnnamen für Yılmaz und Fatoş Güney, die in angegebener Wohnung außerhalb von Cannes nächtigten. Und wie der aufmerksame Leser erkennt, war die Wohnung gar mit einem Festnetzanschluss ausgestattet.

Anfang der neuen Woche erfassten die Berichterstattungen über die Überraschung von Cannes natürlich auch die türkischen Medien. Auf dem Foto (siehe Seite 143) unten liest unsere Crew die neuesten Ausgaben, die Kendal für uns übersetzte. Gemäß meiner Agenda habe ich am 14. Mai bekanntlich Jules Dassin und Melina Mercouri angerufen, um ihnen mitzuteilen, dass unser Film im Wettbewerb von Cannes teilnehmen würde. Melina Mercouri war seit Oktober 1981 Kulturministerin, und so kam von ihr die Anfrage, ob Yılmaz bereit wäre, an einem Kongress in Griechenland teilzunehmen. Sie habe die Kulturminister aller Länder, die an das Mittelmeer grenzen, eingeladen. Und da kein tür-

kischer Vertreter daran teilnehme, wäre es doch eine wunderbare Sache, wenn diesen Part Yılmaz übernehmen könnte. Der sagte denn auch spontan zu.

Für Yılmaz gab es aber nur einen sicheren Weg nach Athen. Da eine Reise mit Transitvisa ausgeschlossen war, charterten wir in Cannes ein kleines Privatflugzeug, das ihn direkt nach Athen fliegen sollte. So vermieden wir Grenzkontrollen. In der vierplätzigen Propellermaschine fand neben dem Piloten, Yılmaz und Fatoş auch meine Wenigkeit eine Gelegenheit zum Mitfliegen. Gleichzeitig gewährte Marie-Christine TF1 das Exklusivrecht, am Flughafen von Cannes mit Yılmaz ein Interview zu machen. Dann sollte das Fernsehteam drehen, wie wir abflogen, ohne jedoch preiszugeben, wohin die Reise ging. Erneut hatten wir so eine Spur gelegt und einen Vorsprung auf alle Bemühungen, Yılmaz ausfindig zu machen. Weil mein Bruder uns zum Flughafen fuhr, konnte er dort einige Fotos schießen, die hier ohne weiteren Kommentar abgebildet sind.

Marie-Christine Malbert, Jean-Luc Metzker, Edi, Kendal und Yılmaz.

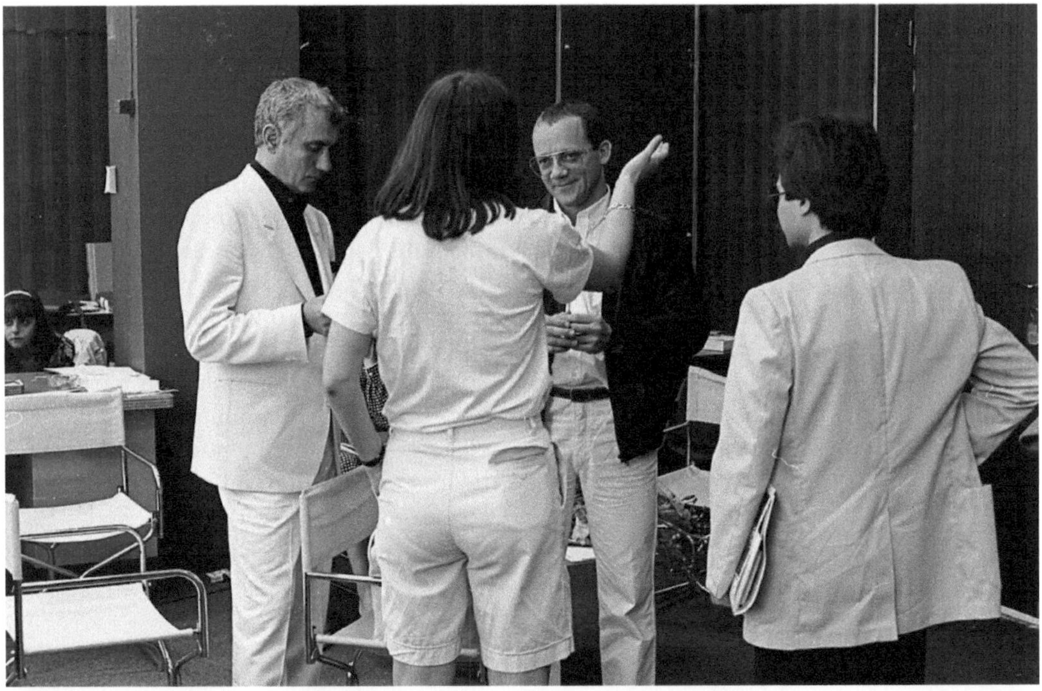

AVIONS - TAXIS

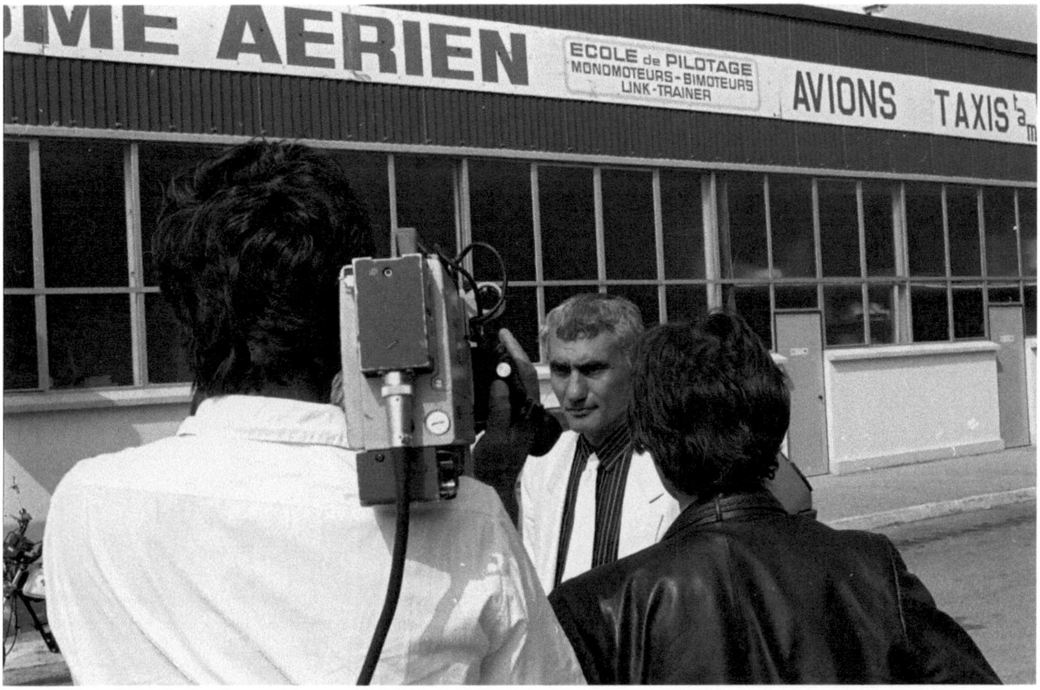
ME AERIEN
ECOLE de PILOTAGE
MONOMOTEURS - BIMOTEURS
LINK-TRAINER
AVIONS TAXIS

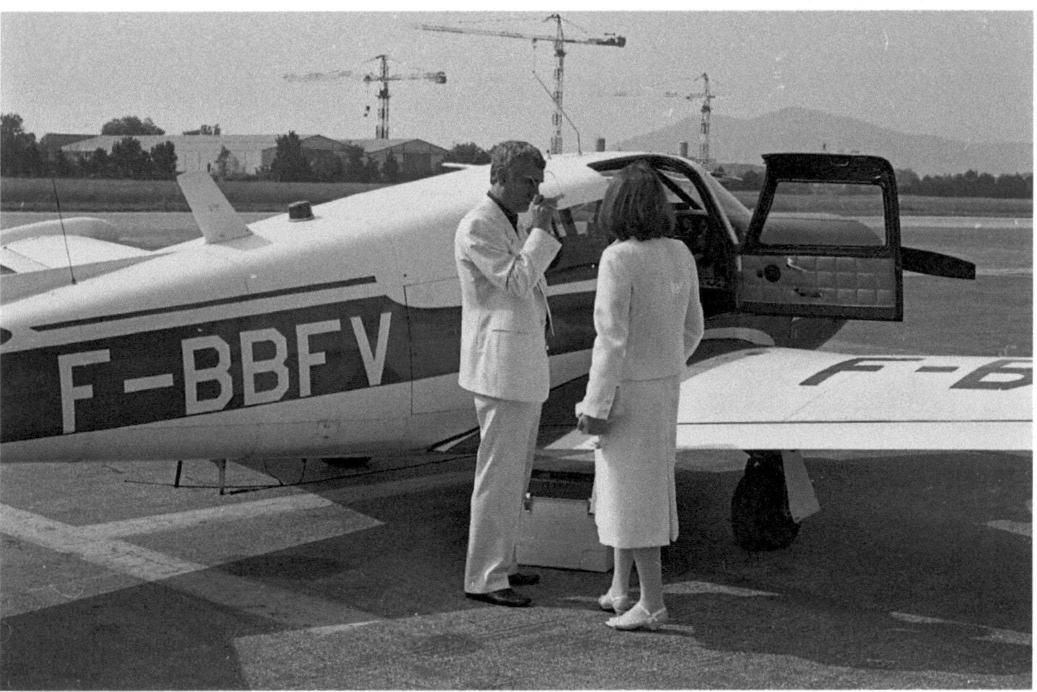

F-BBFV

Als wir im Luftraum über Athen eintrafen, wollte uns der Fluglotse im Tower zunächst nicht landen lassen, weil wir einige Minuten nach 20 Uhr eingetroffen waren. Letztlich durften wir den Vogel aber trotzdem auf hellenischen Boden setzen. Auf dem Foto rechts das überraschende Empfangskomitee im geschlossenen Bereich des Flughafengebäudes: Melina Mercouri (rechts) und Jules Dassin (links von Yılmaz). Selbst die Blumen für Fatoş fehlten nicht. Auch solche Fotos zeitigten mitunter eine politische Aussage, die bei der Militärjunta in der Türkei wohl kaum gut ankam. Anschließend wurden wir in ein prächtiges Hotel in Athen geführt, wo nach dem Diner die ersten Kongressansprachen gehalten wurden. Auch Jack Lang war als französischer Kulturminister mit von der Partie. Seine Entourage bestand aus etwa fünfzig Personen. Wir waren zu dritt respektive zu zweit, weil ich ja kaum die türkische Delegation vertreten konnte. Beim Betrachten eines solchen Bildes erstaunt es mich immer wieder, mit welcher Gelassenheit Yılmaz offizielle

Anlässe absolvierte. Ich wusste, was dies für ihn bedeutete, und ich erlebte hautnah, wie er stets perfekt vorbereitet war.

Am nächsten Tag wurden alle Kongressteilnehmer mit dem Schiff auf die Insel Hydra gebracht. Die Passagierschiffe wurden dabei von griechischen Marinebooten eskortiert, während die gesamte Insel für den Kongress abgesperrt war. Viel Kulturprominenz war zugegen. Ein Vertreter Palästinas saß friedlich neben einem Kulturbeauftragten Israels. Yılmaz hielt eine fünfzehnminütige Rede und erntete dafür großen Beifall.

Beim Mittagessen hatte ich die Ehre, vis-à-vis von Ettore Scola zu sitzen. Er fand es lustig, dass ein Schweizer an diesem Kongress teilnahm, denn unser Land grenze bekanntlich nicht ans Meer. Er erzählte mir, dass er die Filme von Yılmaz sehr bewundere. Schließlich fragte er ausnehmend höflich, ob ich ihm womöglich ein Plakat von SÜRÜ und YOL senden könnte.

Von links nach rechts: Jules Dassin, Yılmaz, Fatoş und Melina Mercouri.

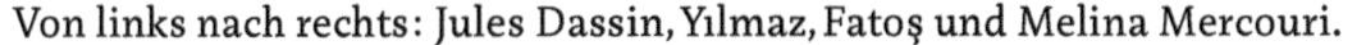

Nach dem Kongress mussten wir zurück nach Cannes, wo der Rest unserer Crew die letzten Tage bis zum Abschluss des Filmfestivals organisierte. Dazu gehörte auch die Betreuung von Mrinal Sen, der mit einem neuen Film aufwartete. Das Jurymitglied teilte uns mit, dass noch keine Entscheidung hinsichtlich der Prämierung gefallen und YOL immer noch Kandidat im Rennen für eine große Auszeichnung sei. Das Festivalkomitee in Cannes vergibt unter anderem den Großen Preis der Jury, sodann Auszeichnungen für die besten Schauspieler, für beste Regie, Drehbuch und beste künstlerische Einzelleistung. Daneben vergeben weitere Jurys Auszeichnungen, so zum Beispiel der Fipresci (Verband der Filmkritiker) oder – was nicht zu unterschätzen ist – die Ökumenische Jury. Wir waren mit YOL also immer noch Kandidat für einen der Preise, hatten jedoch unsere liebe Mühe mit dem französischen Partner NEF-Diffusion, der durch Abwesenheit glänzte.

Nebenher waren immer noch viele Interviewanfragen und Fototermine hängig, die wir in Absprache mit unseren Bodyguards an ver-

schiedenen Lokalitäten der Stadt durchführten. Mein Bruder fuhr Yılmaz jeweils an die diversen Intervieworte.

Die renommierten Filmkritiker zeigten sich angetan von YOL, am Konzept der speziellen Erzählweise hatten sie nichts auszusetzen. Was im April Gilles Jacob bei der Doppelbandvorführung für die Wettbewerbsauswahl noch gestört hatte, wurde nie angemäkelt. Damit konnten wir uns versichern, dass die für jene Zeit eher ungewöhnliche Parallelmontage der fünf verschiedenen Häftlingsschicksale weder konfus noch für den Betrachter unverständlich war.

Trotz aller Vorsichtsmaßnahmen kam es zu einem ernsten Zwischenfall, wie man ihn nur von einem Agentenfilm her kennt. Ich weiß mir bis heute nicht zu erklären, wie es zu einer solch brenzligen Situation hatte kommen können. In einer anderen Sektion des Festivals lief der Film CHALCHITRA (DAS KALEIDOSKOP) von Mrinal Sen in einem kleinen Kino, das an einer Straße parallel zur Croisette gelegen war. Yılmaz bemerkte, dass die Festivals doch dazu da seien, sich die Filme anzuschauen. Und so beschlossen wir, nämliches Kino aufzusuchen.

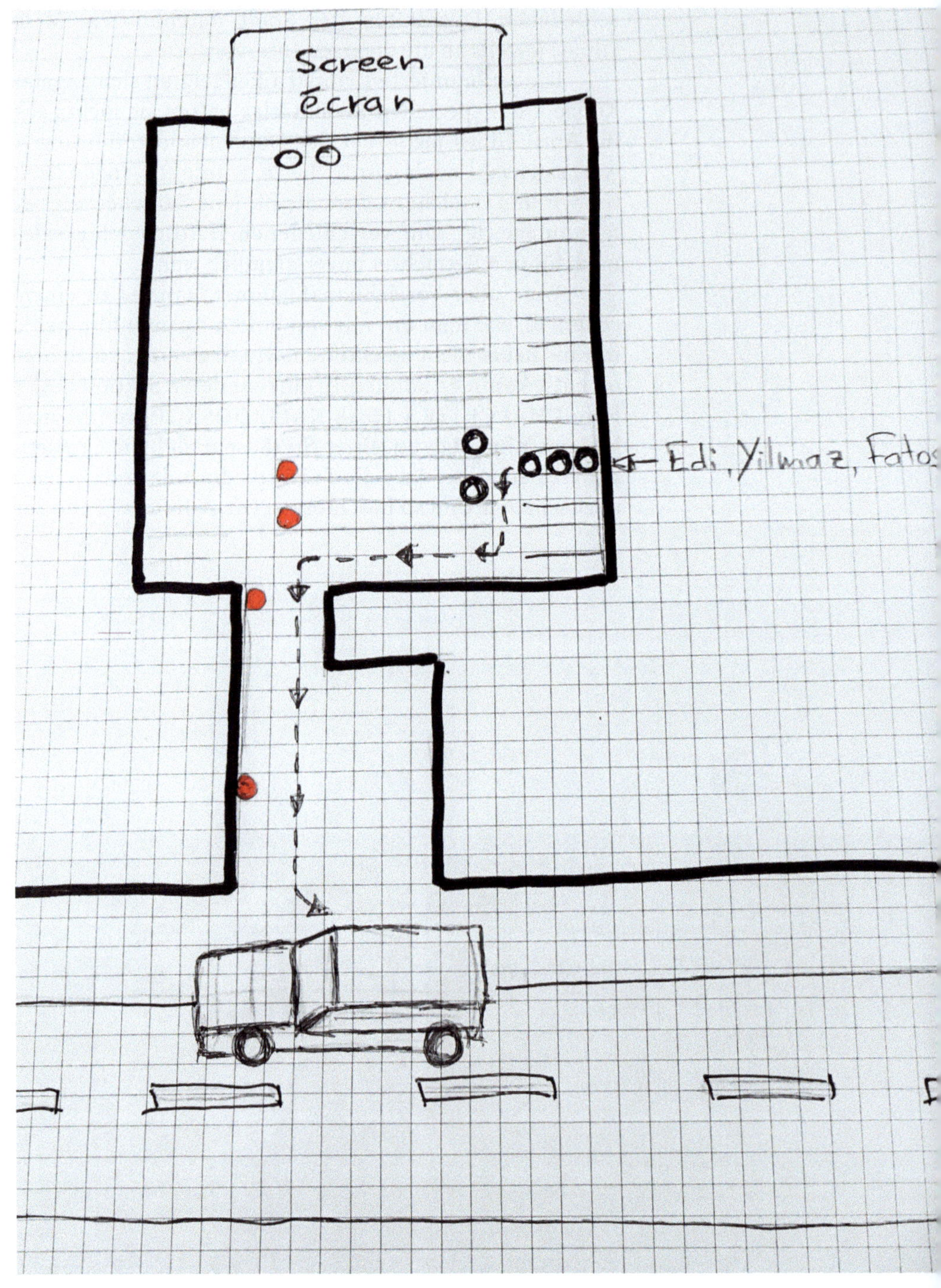

Screen
Écran
Edi, Yilmaz, Fatos

Auf dem Plan sind die Stuhlreihen und die drei Sitze, auf denen Yılmaz, Fatoş und ich saßen, skizziert. Links neben uns waren die beiden Bodyguards postiert. Donat war dabei, die Gäste zu begrüßen. Vor Filmbeginn war vorgesehen, dass er und Mrinal Sen einige Worte ans Publikum richten würden. Plötzlich kam Donat aufgeregt zu mir und teilte mit, dass vier Männer mit korrekten Ausweisen ins Kino gelangt seien. Er habe sie angesprochen, sie hätten aber weder auf Französisch, Englisch oder Deutsch geantwortet und sich überdies auch nicht setzen wollen (auf dem Plan rot markiert).

Die Gestalten, die nicht sonderlich «cinéphile» aussahen, standen breitschultrig wie robuste Kleiderschränke im Durchgang und im Saal.

Ich besprach mich mit unseren Leibwächtern, die darauf folgende Taktik vorschlugen: Wir sollten zunächst ruhig sitzen bleiben, die Ansprachen abwarten, uns dann, wenn der Saal abgedunkelt werde und der Film begänne, möglichst schnell erheben und das Kino auf direktem Weg verlassen. Draußen sollte bereits unser Wagen zur Abfahrt bereitstehen. Wir befolgten die Anweisungen und erhoben uns nicht aus unseren Sitzen. Einzig die Bodyguards nahmen besondere Haltung an, und ich sah bestätigt, was die beiden mir Tage zuvor über ihre Pistolen anvertraut hatten: Der Große öffnete das Jackett, seine rechte Hand war auf seine rechte Hüfte gestützt. Der Kleine öffnete ebenfalls sein Jackett, seine rechte Hand ruhte vorne auf seinem Gurt. Sie waren bereit, sofort einzugreifen. Die Minuten verstrichen langsamer als sonst. Dann endlich begannen vorne die Ansprachen, zuerst jene von Donat, dann die von Mrinal Sen …

Mein Bruder, der in der Zwischenzeit eingeweiht worden war, fuhr derweil vor dem Kino vor und postierte seinen Wagen auf dem Gehsteig genau vor dem Eingang. Dann ging drinnen im Saal das Licht aus, worauf wir schnell, jedoch ohne Hektik, das Kino verließen. Flankiert von unseren Bodyguards eilten wir direkt an den unbekannten Gestalten vorbei, die keine Möglichkeit sahen, auf unseren raschen Abgang zu reagieren. Im Auto angekommen, war unsere Erleichterung förmlich greifbar. Bestimmt hinterließen wir bei einigen Festivalbesuchern großes Erstaunen, denn wer sucht schon ein Kino auf, um es gleich nach Filmbeginn wieder zu verlassen? Und das erst noch während der Festspiele in Cannes? Uns stellten sich derweil Fragen von größerer Tragweite: Wie nur konnte es sein, dass jemand unsere Pläne im Detail kannte?

Hatten wir etwa – kaum vorzustellen – eine undichte Stelle in unserem Team?

Fragen, die wir stundenlang hin und her wälzten, ohne eine Antwort zu finden. Auf welchen verschlungenen Pfaden uns die Männer damals im Kino genau haben aufspüren können, bleibt mir bis heute ein Rätsel. Sicherlich gab es vorher schon einige brenzlige Situationen zu überstehen, besonders auf türkischem Boden. Wir fühlten uns aber nie beobachtet und waren daher auch nicht verunsichert. Darum hegte auch niemand von uns bisher einen Verdacht oder Zweifel oder gar Misstrauen, denn die gesamte Flucht aus dem Gefängnis bis nach Frankreich war trotz aller kurzfristigen Planänderungen mehrheitlich reibungslos abgelaufen. Wir hatten dabei sicher auch viel Glück gehabt. Doch an jenem Abend im Kino in Cannes mussten wir wohl die gefährlichste Situation unserer bisherigen Zusammenarbeit überstehen. Später erinnerte ich mich wieder an jene Passage, die man uns einmal aus einer türkischen Zeitung übersetzt hatte:

«Der Staatsanwalt informierte, dass Güney wohl unerkannt die Grenze überschritten haben müsse,

weil während des «Bayram»-Fests viele Familien ins Ausland verreisten. Und dass er das Durcheinander ausgenutzt habe

und höchstwahrscheinlich im Ausland bereits umgebracht worden sei.»

Nun fiel auch bei mir der Groschen …

In der Nacht von Dienstag auf Mittwoch, 26. Mai, fielen die Entscheidungen. Wir warteten ungeduldig auf das Urteil der Jury. Zuerst in Restaurants, dann in Bars und später in unseren Büroräumen. Mrinal Sen hatte versprochen, uns noch in der Nacht gleich nach dem Ende der Jurysitzung zu kontaktieren. Gegen drei Uhr morgens dann kam sein sehnlichst erwarteter Anruf. Er teilte uns mit, dass YOL ex aequo mit «Missing» die Goldene Palme erhalten werde.

Ich fühlte mich in diesem Augenblick in meiner Gemütslage ähnlich entrückt wie damals vor dem Polizeihauptgebäude in Marseille: War dies wirklich alles wahr oder nur ein Traum? Die mit dem Triumph einhergehenden neuen Verpflichtungen holten uns schnell zurück auf den Boden der Tatsachen, denn sofort gab es wieder viel zu organisieren. Wir stürzten uns nochmals in den Smoking und arrangierten die Ankunft vor dem Palais. So konnten wir schon bald im geschützten Raum des Galasaals der Zeremonie für die Preisübergabe beiwohnen. Am Schluss standen alle Gewinner auf der Bühne. Bemerkenswert erscheint mir,

Yılmaz erhält die Auszeichnung von Vittorio Gassman.

dass Yılmaz seine Auszeichnung in der linken Hand hält, während er die rechte zur Faust erhebt.

Hatte es das im mondänen Cannes schon einmal gegeben?

Yılmaz gratuliert Costa-Gavras
für seine Goldene Palme.

Yılmaz und Edi.

Flora Hubschmid,
Edwin Hubschmid,
Edi und Bruno.

Nach dem großen Trubel durften auch wir unseren Erfolg feiern. Meine Eltern waren noch nie in ihrem Leben mit einem Flugzeug gereist. Sie haben diese Premiere und die drei Tage in Cannes sichtlich genossen – wieder einmal die schönsten Kleider hervornehmen, sich in Schale stürzen und in eleganten Räumen dinieren. Nach der Preisübergabe reservierten wir für alle Beteiligten einen großen Tisch im Hotel Martinez. Es war ein rauschendes Fest, wir durften viele Gratulationen entgegennehmen, und die Festivitäten dauerten bis in die frühen Morgenstunden. Doch wir spürten, dass der Festivalzirkus am nächsten Tag wieder die Koffer packen und in alle Himmelsrichtungen verstieben würde. Es galt also Abschied zu nehmen, im Wissen darum, dass man gewisse Menschen wohl im Leben nie mehr wiedersehen würde. Wehmut hielt langsam Einzug in uns.

Auf diesen zwei Bildern haben die Personen eine ähnliche Körperhaltung. Links ein Szenenfoto aus dem Film YOL, in dem der Schauspieler Tarık Akan seine Partnerin Şerif Sezer durch das kalte Tal trägt. Im

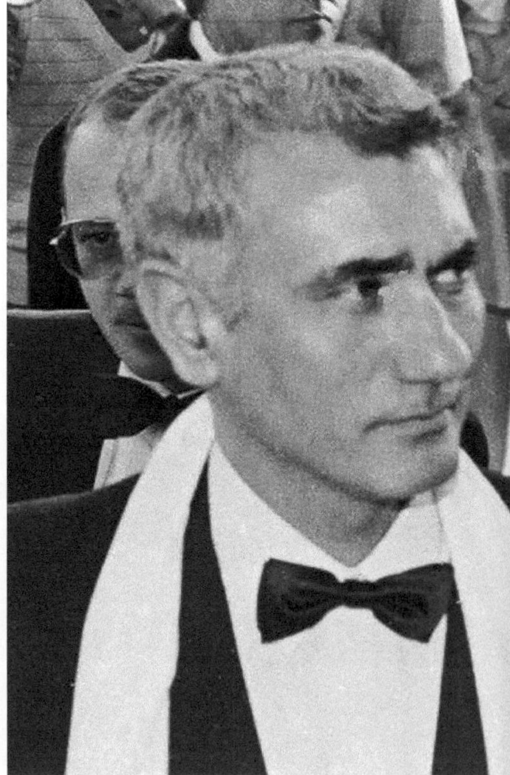

Bild rechts erscheine ich als bewachende Person im Hintergrund. Auch wenn die Situationen und die Aussagen der Bilder in keiner Weise vergleichbar sind, so erkenne ich doch gewisse Parallelen zwischen dem Film und unserem Leben in der Zeit von 1980 bis 1984.

Die Protagonisten im Film YOL benützten das Fest «Bayram» und den Urlaubsspass, um einige Tage in Freiheit bei ihren Familien zu verbringen. Dann aber kehrten sie verzweifelter als zuvor wieder ins Gefängnis zurück. Oder sie missbrauchten den Urlaub zur Flucht. Yılmaz gehörte zur zweiten Kategorie.

Es lag an uns, die neu gewonnene, doch gleichzeitig auch eingeschränkte Freiheit zu gestalten. Yılmaz hatte jahrelange Erfahrung damit. Für mich war es Neuland. Wir spürten beide, dass ein ganz neues Kapitel im Leben aufgeschlagen wurde. Wo würden die neuen Grenzen liegen? Was würde uns einschränken, was befreien? Würden wir dies alles gemeinsam schaffen?

Vieles war erreicht.

Wir erhielten eine der größten Auszeichnungen, die es in der Filmbranche zu gewinnen gibt.

Wir waren zuoberst angekommen. Und wir waren glücklich.

Doch irgendwie waren wir nie aus dem Pinienwald hinausgekommen. Noch immer stellten sich dieselben Fragen wie damals unter dem

Baldachin der Bäume, als wir unsere Blicke suchend über die Bucht zum Horizont gerichtet hatten: Was kann ein Künstler im Exil erreichen? Wie findet er sich in seiner neuen, freien Umgebung zurecht? Wird er verstummen, weil ihm die tägliche Auseinandersetzung daheim mit seinen Gleichgesinnten und seinen Gegnern fehlt? Bereitet er gar seine Rückkehr ins Heimatland vor, oder hat er dieses Kapitel abgeschlossen? Wie nur sollte man Yılmaz' nachdenkliche Miene interpretieren? Wusste er, wie es für ihn, für uns alle weitergehen würde? Fragen, die – wie die Geschichte zeigen wird – das Leben für jeden von uns schon bald und ganz unterschiedlich beantworten würde.

Nachwort

MARIN KARMITZ présente
un film de
YILMAZ GÜNEY
TUNCEL KURTIZ · AYSE EMEL MESCI
MALIK BERRICHI · NICOLAS HOSSEIN · ISABELLE TISSANDIER · AHMET ZIYA

Das Ende dieser Aufzeichnungen ist leider schnell erzählt …

Yılmaz wollte sofort einen nächsten Film drehen. Schon während der Postproduktion von YOL hatte er das Drehbuch zum Film DUVAR (DIE MAUER) geschrieben. Zwei Gründe sprachen jedoch dagegen, dieses Projekt sofort anzugehen. Erstens: gleich nach YOL hielten wirs nicht für ratsam, wieder einen Film über ein türkisches Gefängnis zu drehen. Zweitens: das Kapital für eine neue Produktion stand uns nicht sofort zur Verfügung. Den europäischen Weg der Finanzierung zu durchlaufen, hieß Gesuche zu stellen und Antworten abzuwarten. Die MK-2 mit Marin Karmitz hingegen bot für die neue Produktion sofort 9 Millionen Franc (2,25 Millionen Franken). Eine Offerte, mit der wir nicht mithalten konnten. Denn nebst den Produktionskosten von YOL hatten wir zusätzlich die «außerordentlichen Ausgaben» zu decken – Barauslagen für die Flucht und den Lebensunterhalt der ganzen Familie Güney.

Während seiner Dreharbeiten im Herbst 1982 besuchte ich Yılmaz in Paris. Ein herzliches Wiedersehen; wir verbrachten schöne Tage. An

einem Sonntag waren wir mit dem Auto von Marie-Christine Malbert unterwegs. Yılmaz saß im Fond, biss in einen Apfel und stieß einen Schmerzensschrei aus. Er klärte uns über den Zustand seiner Zähne auf. Seine vorderen Zähne wackelten, Zahnfleischschmerzen plagten ihn. Wir waren alarmiert, Marie-Christine organisierte für den nächsten Tag einen Zahnarzttermin. Weshalb hatte er zuvor niemandem von seinen Leiden erzählt? Zahnfleischschwund kann zum Verlust der Zähne führen. Machten sich die Folgen jener Entbehrungen bemerkbar, die Yılmaz während der Jahre in türkischen Gefängnissen hatte erleiden müssen? Und die nun seinen Körper angriffen? Ich erinnerte mich an seine wenigen Klagen über Rückenschmerzen während der Postproduktion von YOL. Ahnte er schon damals, dass seine Kräfte nachließen?

Am Set von DUVAR schloss sich ein wunderbarer Kreis: Elia Kazan besuchte die Dreharbeiten – der große Regisseur, der Yılmaz vor Jahren in der «New York Times» einen ausführlichen Artikel gewidmet und so dessen Schicksal in das Bewusstsein der Filmkultur außerhalb der Türkei

Tuncel Kurtiz, Elia Kazan und Yılmaz.

gebracht hatte. Ein weiterer Kreis schloss sich auch mit Tuncel Kurtiz, der in diesem Film – wie in vielen anderen auch – eine zentrale Rolle spielte. Er war jener Schauspieler, der Yılmaz damals am nächsten stand. Kurtiz hatte in der Türkei zu diesem Freundschaftsband alles gesagt, was es zu sagen gab. 2013 traf ich ihn in Istanbul im Hotel des Londres, um mit ihm ein Interview zu drehen. Doch er lehnte ab. Stattdessen machte er mich mit dem Autor Zahit Atam bekannt und sagte: «Das ist der Mann, der Yılmaz am besten kennt.»

In Cannes kommt es nicht oft vor, dass ein Regisseur, der die Goldene Palme gewinnt, im folgenden Jahr mit einem neuen Film am Wettbewerb vertreten ist. Yılmaz gelang dieses Kunststück mit DUVAR, den er für Cannes 1983 tatsächlich fertigstellte. Doch diesmal war alles anders, vieles lief schief: Die französische Presse brachte vorab etliche Verrisse, von einem neuerlichen Triumph war früh abzusehen. Ich erinnere mich an eine Begebenheit: Mit unserem Team weilten wir ebenfalls in Cannes. Wir beabsichtigten, uns am Abend der Erstaufführung

von DUVAR zu treffen und reservierten einen Tisch in einem einfachen diskreten Restaurant. Zuvor entdeckte ich in der Ecke einer schicken Hotellobby Marin Karmitz, den französischen Produzenten des Films. Erstaunlich, er saß dort allein. Warum war am Abend der Weltpremiere von DUVAR kein gemeinsamer Auftritt von Produzent und Autor/Regisseur vorgesehen? Selbst bei Spannungen musste man bei einem solchen Anlass gemeinsam auftreten. Da Yılmaz unserer Einladung gefolgt war, ermunterte ich Karmitz, zu uns zu stoßen. Er lehnte dankend ab.

1983 besuchte ich Yılmaz ein weiteres Mal in Paris. Nach DUVAR waren wir bemüht, den nächsten Film zu produzieren. LE POIGNARD GREC hieß das Projekt, das wir diskutieren wollten. Die Abbildung (siehe Seite 170) zeigt eine Widmung von Yılmaz aus seinem Buch «Les champs de Yuréghir», das in Frankreich im Februar 1983 publiziert wurde. Die Widmung spricht schwierige Phasen an, die wir zu jener Zeit durchlebten. Wichtige Entscheidungen mussten getroffen werden, ohne

dass wir uns in zentralen Punkten bereits einig waren. Die französische Übersetzung der Widmung im Buch besorgte Kerem:

«Edi, mein Bruder, wir brauchen Geduld, um die gemeinsame Arbeit, die wir begonnen haben, in der besten Art und Weise zu vollenden. Du bist geduldig, wirklich sehr geduldig … Lege in deine Geduld meinen Wagemut. Yılmaz, 20.2.1983»

Einen Tag später schrieb er in ein zweites Exemplar des Buches:

«Jeder Mensch ist der Baumeister seiner Zukunft...

A Yuréghir, sur ces vastes terres de l'Anatolie, on naît pauvre, on meurt pauvre. Malheur à celui qui vit dans cette société paysanne et féodale, soumise à l'autorité absolue des grands propriétaires terriens.

Un jeune garçon, après son service militaire, revient dans son village. Il a pour lui la jeunesse, le goût de vivre et l'espoir. Il ne les gardera pas longtemps. Le monde qui l'environne se désagrège dans la misère, la mort, la violence, le désespoir. Rien sur cette terre de boue et de sécheresse n'est possible, que l'exil qui brise le cercle infernal où tant d'autres auront laissé leur vie.

Sans doute fallait-il le souffle de poète et de visionnaire de Yılmaz Güney pour nous faire partager l'impuissance, la souffrance, mais aussi l'espoir de ces hommes et de ces femmes qui meurent résignés au seuil d'un monde qu'ils n'auront jamais pu imaginer.

Les champs de Yuréghir est un grand roman populaire d'une bouleversante authenticité. La Turquie lui a décerné le prix Orhan Kémal en 1972.

Palme d'Or au Festival de Cannes 1982 pour son film *Yol*, Yılmaz Güney est l'auteur de plusieurs nouvelles et de trois romans.

LES CHAMPS DE YURÉGHIR

Sevgili Edi,

Her insan kendi geleceğinin mimarıdır... ancak, bazı dostluklar vardır ki, hayatın akışını değiştirebilir... herşeyi yeniden ele almayı gerektirir... hayat her zaman, zıtlıklarıyla birlikte çıkar karşımıza... zorlukları birlikte yenmek dileğiyle...

Memo Güney
21.2.1983

Es gibt manche Freundschaften, die den Lauf des Lebens verändern können … Alles sollte von Neuem an die Hand genommen werden. Das Leben wird uns immer mit seinen eigenen Widersprüchen begegnen. Widersprüche … ich wünsche, wir können die Schwierigkeiten gemeinsam meistern … Yılmaz, 21.2.1983»

Ist aus den beiden unterschiedlichen Widmungen herauszuspüren, dass unsere Verhandlungen nur schleppend vorankamen?

Ich suchte eine radikale Veränderung. Dafür reiste ich schon Monate zuvor nach Spanien und Portugal, um bei den zuständigen Ministerien eine schriftliche Garantie für ein sicheres Asyl für die Güneys zu beantragen. Ich wollte Yılmaz überzeugen, dass mein Vorhaben der optimale Schritt für uns alle wäre: Rückzug aufs Land, weg von der arroganten französischen Filmszene, weg von der Stadt Paris – irgendwohin ans Mittelmeer. Ein nächster Dreh in Spanien, Portugal oder Griechenland wäre zudem gut zu bewerkstelligen gewesen. Da ich Alain Tanners

Produktionsweise kannte, schwebte mir ein ähnliches Vorgehen vor: Tanner realisierte in der Periode von 1962 bis 2004 alle zwei Jahre einen Film. Die Pausen bis zu den Dreharbeiten und nach der Postproduktion nutzte er dafür, das nächste Drehbuch zu schreiben.

Im August 1983 während einer Drehpause in der Schweiz traf ich Yılmaz nochmals in Paris. Am Abend lud er mich in ein libanesisches Restaurant ein. In meinem ganzen Leben hatte ich noch nie einen so reich gedeckten Tisch gesehen. Alle Spezialitäten wurden in den buntesten Farben und den Tisch vollständig deckend sorgfältig in großen Schalen angerichtet. In der Schweiz isst man gewöhnlich einen Teller eines Gerichts. Doch hier lag eine unglaubliche Vielfalt an Speisen vor. Alles war köstlich. Nach dem Essen wurden, wie es anscheinend üblich war, die noch halb gefüllten Schalen abgeräumt.

Es war ein eindrückliches Nachtessen, und ich war vom «orientalischen Reichtum» überwältigt.

Wie selbstverständlich übernahm Yılmaz die Rechnung – auch dies ein bis anhin ungewohnter Vorgang.

Für unser Meeting waren wir beide gut vorbereitet. Es waren schwierige Gespräche, denn wir hatten doch unterschiedliche Ansichten. So lagen seine Vorstellungen von dem, was Drehbuchhonorar und monatliche Zahlungen für den Unterhalt seiner Familie anbelangte, weit von unserer Position entfernt.

Böse Zungen könnten nun behaupten, dass Yılmaz' Verhalten einem Verrat an unserer Sache gleichkam. Doch ich sehe das anders. Denn DUVAR brachte keine Einspielergebnisse für Yılmaz, da bei den Dreharbeiten das Budget überzogen worden war. Darum geriet er unter Druck, seinen Unterhalt zu finanzieren. Zudem hatte er in der Türkei treue und geduldige Freunde, denen er mit Rückzahlungen von Krediten und Unterstützungsbeiträgen helfen wollte. Alles in allem keine einfache Situation für ihn.

Auf der Website www.yol-the-book. com unter «Kommentierte Dokumente» finden sich auf zwei Seiten zusammengefasst unsere beiden Produktionsvorschläge.

172

Edi Hubschmid

Yılmaz hatte schon in der Türkei einen enorm kreativen Output, der fast nur vergleichbar war mit jenem Rainer Werner Fassbinders in Deutschland. Ich erinnere an das Jahr 1971, als er unglaubliche sieben Filme realisierte. Und in diesem Rhythmus wollte er weiterfahren. Dafür genügte eine kleine Schweizer Produktionsfirma nicht; für dieses Volumen benötigte er mehrere potenzielle Produktionspartner. Nicht dass wir in Europa zu wenig vernetzt gewesen wären, vor allem in Deutschland hatten wir in der Pandora Film einen verlässlichen Partner. Doch uns fehlte schlicht die Kapitalbasis. Das europäische Filmförderungssystem erforderte Zeit zwischen einem Gesuch und einer Finanzierungszusage. Und bis die Auswertungserträge von YOL tatsächlich eintrafen, vergingen etliche Monate. Hier rächte sich, dass MK-2 die Auswertung von YOL vornahm, denn Marin Karmitz verstand es immer wieder, die Zahlungen hinauszuzögern.

Auf meinen Vorschlag ging Yılmaz leider nicht sofort ein. Unsere unterschiedlichen Ansichten stellten die erste schwerwiegende Meinungsverschiedenheit zwischen ihm und mir dar. Ansonsten gab es in der Zeit unserer Zusammenarbeit nur zwei kleinere Differenzen, die im Rückblick eher amüsieren: Einmal ging es um den Kauf eines eigenen Autos für ihn. Dies lehnte ich aus Sicherheitsbedenken ab. Mir schien, es wäre in Paris sicherer, wenn er jeden Tag ein anderes Taxi nahm, als mit dem eigenen Fahrzeug aufzufallen.

Ein anderes Mal erklärte er mir, sich für den Selbstschutz eine Waffe besorgen zu wollen.

Auch das lehnte ich unumwunden ab. Zu jener Zeit bestritten wir noch alle Auslagen für die Produktion und die Familie. Darum war Yılmaz gezwungen, meinen Entscheid – wenn auch zähneknirschend – zu akzeptieren.

Für Yılmaz waren die Brücken zu MK-2, Marin Karmitz, nach der Produktion von DUVAR eingerissen. Einen anderen potenten Produzenten zu finden, wäre für Yılmaz sicher möglich gewesen. Seiner eigenen Firma Güney Film fehlte lediglich noch die offizielle Anerkennung, denn das französische Filmgesetz schreibt vor, dass nur Produktionsfirmen zur Förderung zugelassen werden, die bereits Filme in Frankreich hergestellt haben (vgl. im Nachspann «Hintergrundinformationen»).

Was aber zentral war: Das Vertrauen zwischen uns blieb weiter ungebrochen. Auch war ich mir nun sicher, dass sich ein Dreh in Spanien, Portugal oder Griechenland realisieren ließe, denn das Exposé LE POIGNARD GREC entsprach den geforderten Kriterien. Auch dass Yılmaz in Paris bleiben wollte, konnte ich nachvollziehen. Ich hoffte aber, dass wir mindestens für die Drehbuchphase von September bis Dezember 1983 eine Lösung finden würden. Mit dem fertigen Script hätte ich das neue Projekt berechnen können, um dann im Grundsatz so weiterzufahren, wie wir dies bereits mit YOL im April 1982 festgelegt hatten. Leider kam es anders.

Nach unserem unbefriedigenden Meeting fuhr ich bedrückt in die Schweiz zurück. Dort musste ich bis Ende 1983 die drei bei mir laufenden Produktionen (GLUT von Thomas Koerfer, CHAPITEAU von Johannes Flütsch und DER GEMEINDEPRÄSIDENT von Bernhard Giger) abschließen. Dann erst konnte ich mich wieder voll auf die Projekte von Yılmaz konzentrieren. Ich war mir aber damals sicher, dass wir aufgrund unserer Vorgeschichte und der Freundschaft, die uns immer noch verband, einen gangbaren Weg finden würden.

In eigener Sache

Mitte 1982 kehrte ich wie erwähnt von den Festspielen in Cannes in die Schweiz zurück und produzierte 1983 in der Cactus Film die drei erwähnten Filme. Neben den Besuchen bei Yılmaz in Paris reiste ich am 3. Januar 1984 nach Kolkata (damals noch Kalkutta) zu Mrinal Sen, um dort eine Koproduktion in ähnlichem Stil wie YOL zu planen.

Bei meiner Rückkehr lag ein eingeschriebener Brief in meinem Briefkasten: Es war meine fristlose Entlassung durch die Mehrheitsaktionäre Donat Keusch und Eliane Stutterheim. Da in meiner Abwesenheit selbst die Schlösser zu den Büroräumlichkeiten ausgewechselt worden waren, konnte ich mein Büro nicht einmal mehr räumen. Die Begründung für die fristlose Kündigung war, ich hätte bei den Schweizer Kinoproduktionen ohne Absprache mit dem Verwaltungsrat die Budgets überschritten. Tatsache war, dass die Filme GLUT und CHAPITEAU etwas über den Kostenplan hinausgingen. Doch die Produktionsabteilung war in all den Jahren nie in den roten Zahlen, was man von der von Donat geleiteten Verleih- und Weltvertriebsabteilung nicht behaupten konnte. Meiner Ansicht nach war der Kündigungsgrund ein Vorwand, handelte es sich bei der ganzen Angelegenheit doch eher um eine Machtdemonstration von Donat und Eliane mir gegenüber.

Ich stand also auf der Straße und war mittellos. Dank eines Engagements als Regieassistent bei der 2nd Unit des Schweizer Drehs im Engadin für den James-Bond-Film A VIEW TO A KILL (IM ANGESICHT DES TODES) hatte ich bald wieder Boden unter den Füßen. Später errichtete ich eine eigene Produktionsgesellschaft, die Edi Hubschmid AG. 1999 gründete ich gemeinsam mit Peter-Christian Fueter und Peter Reichenbach die C-Films AG in Zürich.

Die Cactus Film AG produzierte mit einer Ausnahme keine eigenen Filme mehr. Eliane Stutterheim setzte sich nach Paris ab und gründete die Produktionsfirma Scarabée Film. Dort entstanden zwei Filme, jedoch ohne Erfolg. Meine Klage wegen der fristlosen Kündigung gegen die Cactus Film AG endete 1988 vor dem Bezirksgericht in Zürich. Nach dessen Urteil wurden mir alle Rechte der von mir produzierten Schweizer Filme übertragen, jedoch keine Anteile an YOL. Ab 1984 produzierte Cactus keine Filme mehr. Der Weltvertriebs-Auftrag aller Filme von Yılmaz wurde nach etlichen Konflikten mit Keusch von der Güney-Film gekündigt. 1996 führte Keusch die Firma in den Konkurs.

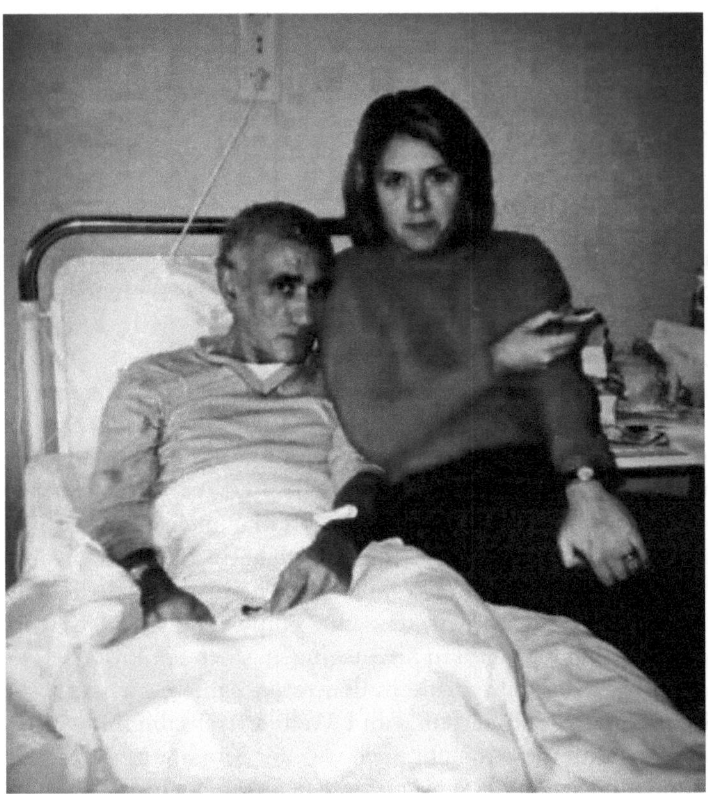 

Niemand von der Cactus Film, allen voran Donat, informierte mich über Yılmaz' schlechten Gesundheitszustand. 1984 wurde bei ihm Magen-Darm-Krebs diagnostiziert, worauf er in Paris operiert wurde. Ich hatte keine Kenntnis vom Krankheitsverlauf und wie es Yılmaz damals psychisch erging. Was hat er gedacht, nachdem ihm diese Diagnose gestellt wurde? War er deprimiert und enttäuscht, dass er seine Arbeit nicht fortsetzen konnte? Oder hat er weiterhin gedacht, er werde die Krankheit überwinden können?

Hatte er grosse Schmerzen? Wie ist er gestorben?

PS: Das Denkmal in Luzern steht als Andenken an die 1200 Schweizer Söldner, die als «Gardes Suisses» während der Französischen Revolution im Dienst von König Ludwig XVI. standen. Im Jahr 1792 beim Sturm des Tuilerienpalasts starben 960 Söldner. Absurd und traurig ist an dieser Geschichte, dass der König die Residenz schon vorher verlassen hatte und die Schweizer Reisläufer ihr Blut für einen leeren Königspalast hergaben.

Das Bild oben zeigt ihn als einen durchaus optimistischen Menschen. Persönlich glaube ich, dass die Ärzte schon nach der ersten Operation erkannt hatten, dass nur wenig Hoffnung auf Heilung bestand. Wie es in ihm wirklich aussah, kann ich nicht beurteilen, denn es war mir nicht vergönnt, ihm nochmals zu begegnen.

In Anbetracht der beiden Bilder kommt mir das Denkmal des «sterbenden Löwen» in den Sinn.

Die Parallele liegt in der Symbolik: Das Denkmal zeigt den starken, stolzen Löwen, der jedoch wegen der tief eingedrungenen Lanze sich der Agonie ergeben muss. Yılmaz stirbt nach langer Krankheit mit nur siebenundvierzig Jahren am 9. September 1984 in einem Pariser Spital.

La mort de Yılmaz Güney

Le cinéaste originaire de Turquie, Yılmaz Güney,
Palme d'Or au festival de Cannes en 82 pour son
film "Yol" (La voie), auteur notamment des films
"Sürü" (Le troupeau), "Duvar" (Le mur) et "Umut"
(Espoir) est décédé des suites d'une longue mala-
die ce dimanche, 9 septembre à 5 h 20 dans un hôpi-
tal parisien à l'âge de 47 ans.

Ces obsèques auront lieu le jeudi, 13 septembre à
15 h 30 au cimetière du Père Lachaise.

Tous ceux qui l'ont connu et aimé tant pour son
oeuvre que pour son combat constant pour la li-
berté et la démocratie pourront lui rendre un
dernier hommage le même jour de 9 h 30 à 14 h 30
à l'Institut Kurde de Paris dont il fut fondateur.
Un régistre de condoléance sera ouvert des le
lundi, 10 septembre à cet institut, à
106, rue la Fayette, 75010 Paris, tél. 824 64 64

Madame Fatoş Güney et la famille

The Death of Yılmaz Güney

Yılmaz Güney, born in Turkey, author, maker and
producer of many extraordinary films such as
"Sürü" (The Herd), "Duvar" (The Wall), "Umut"
(Hope) and winner of the Golden Palm at the
Cannes International Film Festival in 1982 for
his film "Yol" (The Way), died this sunday,
September 9 at 5.20 a.m., in a Parisian hospital
after a long illness. He was 47 years old.

The funeral will be held on Thursday, September
13 at 3.30 p.m., at the Père Lachaise Cemetry.

All those who knew and loved him for his works
and his constant fight for freedom and democracy
can pay their last respect on the same day from
9.30 a.m. till 2.30 p.m. at the Institut Kurde,
106, rue la Fayette, 75010 Paris, ph. 824 64 64,
of which he was the founder. A condolence book
will be at the same institute as of tomorrow.

Mrs. Fatoş Güney and family

La douleur a mille couleurs, mille visages,
tout comme les vents, les oiseaux et les
fleurs. Avec des hommes que j'ai connu de
près, et à travers eux, j'ai essayé de conter
dans ce film douleurs, amours et regrets,
même si ceux-là paraissent incompréhensibles
ou incroyables à certains.
Tant que vivront les hommes, je crois que
les douleurs, les amours et les regrets
vivront aussi sous ces différentes formes.
Parce que l'homme, conscient ou non, est le
seul porteur de l'amour et de la douleur.

Yılmaz Güney sur "Yol"

Sorrow has many shades, many faces, like
the winds, the birds and the flowers. In
this film I have tried through some close
friends of mine to relate sorrow, love and
regret even if at times certain people may
find them incomprehensible or incredible.

I feel that, as long as men keep on living,
the sorrow, love and regret will live on,
too, in these various forms. Because man,
be he aware or not, is the only one to bear
the love and the sorrow.

Yılmaz Güney on "Yol"

Die Todesanzeigen

Von meiner ehemaligen Assistentin Claudia Christen wurde ich
über Zeit und Ort von Yılmaz' Beisetzung in Paris informiert. Zusammen
mit Elizabeth Waelchli, der Cutterin von YOL, meinem Bruder Bruno
und meiner damaligen Freundin Esther fuhren wir nach Paris. Sie war
schwanger mit unserer Tochter Anna. Wie gerne hätte ich Yılmaz diese
schöne Nachricht noch überbringen wollen.

Im «Institut Kurde de Paris» mitten in der Stadt Paris wurde
Yılmaz aufgebahrt. Neben dem offenen Sarg stand Fatoş mit ihren beiden Kindern Elif und Yılmaz junior und mit Donat. Wir erwiesen Yılmaz
die letzte Ehre und kondolierten der Familie. Dann folgten wir mitten
im langen Trauerzug zu Fuß dem schwarzen Begräbniswagen, der mit
dem aufgebahrten Sarg im Schritttempo durch die Straßen von Paris bis
zum Friedhof Père Lachaise fuhr, wo Yılmaz zur letzten Ruhe gebettet
wurde. Ungefähr 5000 Personen folgten der Prozession.

Auf dem Friedhof, inmitten dieser Menge, entdeckte uns Nihat Behram. Er führte uns ganz nach vorne zum Grab. So konnten wir aus der Nähe Yılmaz bei seinem Abschied von dieser Welt begleiten.

Anschließend waren wir von Fatoş zu einer Zusammenkunft in der Wohnung der Familie geladen. Es war wirklich traurig, wieder in diese Wohnung zu treten und dem kleinen Tischchen mit den beiden Stühlen zu begegnen.

Ich sah den Aschenbecher, die kleinen Gläser mit Calvados, seine Schachtel Davidoff-Zigarillos und mein Paket Gauloise blau. Aufgrund der vielen persönlichen und beruflichen Veränderungen war mir in diesem Moment nicht bewusst, welch nahen Freund ich verloren hatte.

Wenn man einen Weggefährten auf diese Weise verliert, denkt man eigentlich ständig an ihn. Später in schwierigen Situationen und vor wichtigen Entscheidungen dachte ich oft: Wie hätte Yılmaz an meiner Stelle reagiert? Was hätte er mir geraten? – Auf diese Weise halte ich ihn bis heute stets in Erinnerung.

Auf dem Bild erkennt man Fatoş (ganz links) und vor dem Sarg stehend Nihat und Donat.

Das Grabmal auf dem Friedhof Père Lachaise in Paris.

In der Türkei und in Kurdistan und

bei Exiltürken und -kurden wird Yılmaz weiterhin sehr verehrt.

Zu seinem Gedenken wurden an verschiedenen Orten solche Bronzestatuen errichtet. Für die schweizerische Mentalität eine vielleicht überbordende Verehrung. Doch für viele türkische und kurdische Menschen bleibt er ein Sinnbild und eine Leitfigur, die bis in die heutige Zeit dank seiner Filme und Schriften hoch geschätzt wird. Das türkische Kino ist ohne den Einfluss von Yılmaz Güney nicht zu denken.

Ich habe damals seinen Tod verdrängt, wollte nicht mehr an unsere langen Abende denken, an denen wir uns über die Arbeit und unsere Zukunft unterhalten haben. Es war mir bekannt, dass Yılmaz die Organisation einer Exilregierung geplant hatte, ähnlich dem Beispiel von

Griechenland. Dies gelang ihm während seiner Pariser Zeit jedoch nicht. Und ich erinnere mich, wie er mir einmal sagte:

«Edi, eines Tages werden wir in eine freie, demokratische Türkei zurückkehren,

und es wird ein großes Fest geben. Sie werden uns wie Könige empfangen, und dann werde ich dir unser Land zeigen. Es wird dir gefallen.»

Yılmaz hat, bei allen Widersprüchlichkeiten seiner Person, mehr gekämpft als ich und viele andere. Er hätte ein komfortables und bequemes Dasein als Volksheld und Filmstar leben können. Er hat sich anders entschieden. Man kann ihm seinen Übermut, seine emotionalen Aus-

brüche vorwerfen, doch nur wenige können von sich behaupten, sie hätten es besser gemacht.

Yılmaz, der aus bäuerlichen Verhältnissen in eine künstlerische Welt eindrang – wurde er innerhalb der damaligen Polit- und Kulturszene in diese Leaderrolle gedrängt? Nein, es war seine Kreativität, seine Zuversicht, sein Optimismus der menschlichen Existenz gegenüber und seine politische Überzeugung, die ihn so stark und überzeugend machten. Seine Gegner konnten ihm nichts Gleichwertiges entgegenhalten.

Ich bin damit beschäftigt, meine persönlichen Erinnerungen, die vor mehr als zweiunddreißig Jahren stattgefunden haben, auf Papier zu bringen. Eine Zeit, die von Freude, Erfolgen, aber auch von Traurigkeit und Verlust geprägt war. Ich schreibe bedächtig und ruhig. Ich bemühe mich, die Emotionen zu kontrollieren. Gleichzeitig spüre ich eine große innere Aufruhr: Dort draußen tobt die Welt! Tausende, Millionen Menschen sterben sinnlos!

Sie verhungern,
sie ertrinken,
sie werden gefoltert,
ausgegrenzt

und von Parteien, die anscheinend über ein nie versiegendes Waffenarsenal verfügen, brutal umgebracht.

Wir dürfen die Hoffnung für eine bessere Welt nicht aufgeben. Dies lehrte mich die Begegnung mit Yılmaz.

Edi Hubschmid, im März 2017

Noch ganz zum Schluss:

Wer in der Demokratie schläft, wacht in der Diktatur auf.

Mit diesem letzten Hinweis möchte ich meine Aufzeichnungen beschließen. Es liegt an uns, aufmerksam zu bleiben.

Mir fällt auf, dass ausgerechnet diejenigen, die ständig wiederholen, dass sie im Namen der Demokratie und des Volkes handeln, sich am Schluss als Wölfe im Schafspelz entpuppen. Sie hetzen Menschen gegeneinander auf, säen Zwiespalt und missachten die Menschenwürde. Fast unbemerkt von der Öffentlichkeit verfolgen sie dabei sehr effizient ihre privaten, wirtschaftlichen und politischen Interessen. Sie kümmern sich nicht um das Gemeinwohl.

Nachspann

Hintergrund-informationen

Melina Mercouri und Jules Dassin.

Melina Mercouri
und
Jules Dassin

Es waren Melina Mercouri (18. Oktober 1920 bis 6. März 1994) und ihr Mann Jules Dassin (18. Dezember 1911 bis 31. März 2008), die bewirkten, dass Yılmaz Güney in Frankreich Asyl erhielt. Eine Tat, die sie nie groß herausgestrichen haben. Es ist kein Zufall, dass die beiden motiviert waren, ihm zu helfen, hatten sie doch Jahre zuvor Ähnliches erlebt. Der Regisseur Jules Dassin verließ die USA aufgrund der antikommunistischen Politik in der unrühmlichen McCarthy-Ära.

Bei einem Casting in Athen lernte er die Schauspielerin Melina Mercouri kennen, und ab diesem Zeitpunkt blieben sie für immer zusammen. Später erlebten beide die Machtübernahme der Militärs in Griechenland 1967, die bis 1974 anhalten sollte, auch als «Regime der Obristen» bekannt.

Gezwungenermaßen lebten beide in jener Zeit in Frankreich im Exil. Melina Mercouri wurde von Griechenland ausgebürgert, weil sie öffentlich gegen das Regime Stellung bezogen hatte. Nach der Wiedereinrichtung der Demokratie kehrten sie in ihr Heimatland zurück, wo sie 1977 zum ersten Mal zur Abgeordneten gewählt wurde. Von 1981 bis 1989 und von 1993 bis zu ihrem Tod 1994 war Melina Mercouri griechische Kulturministerin.

Die wichtigsten Filme der beiden sind:

- DER MANN, DER STERBEN MUSSTE
  (CELUI QUI DOIT MOURIR, 1957)
- SONNTAGS ... NIE
  (JAMAIS LE DIMANCHE, 1960)
- PHAEDRA (1962)
- TOPKAPI (1964)
- HALB ELF IN EINER SOMMERNACHT
  (10:30 P.M. SUMMER, 1966).

Jules Dassins Sohn ist der berühmte Liedermacher Joe Dassin, der leider auch früh verstorben ist.

Joe Dassin und sein Vater Jules Dassin.

Die Notwendigkeit,
Ausweispapiere
zu besitzen

Eine alte Schweizer Identitätskarte (unten) war einfach zu fälschen. Sie war mit Schreibmaschine getippt, und das Foto wurde nur eingeklebt oder eingeheftet. Yılmaz Güney besaß die Carte de séjour ab Oktober 1981. Die türkische Staatsangehörigkeit wurde ihm aberkannt, somit war er staatenlos. Nachdem wir uns in Paris niedergelassen hatten, konnten wir alle Formalitäten erledigen, damit Yılmaz einen sogenannten Nansen-Pass erhielt, den blauen Pass für Staatenlose. Rechts jener von Edward Snowden. Für die Gründung einer eigenen Produktionsgesellschaft waren persönliche Ausweise unabdingbar.

Auch Filme besitzen einen Ausweis, ein sogenanntes Ursprungszeugnis. Während der Postproduktion in Paris kümmerte ich mich um die Anerkennung des Films innerhalb der beteiligten Länder. Die Türkei kam aus ersichtlichen Gründen nicht infrage. Im Regelfall wird die Nationalität eines Films von jener des Regisseurs abhängig gemacht.

In Paris begann Yılmaz seinen französischen Firmenableger aufzubauen: die Güney Film SA. Wir unterstützten diesen Entscheid, weil

er einen Schritt in die Unabhängigkeit bedeutete. Deshalb legte ich dem CNC (Centre national du cinéma) in Paris ein Dossier vor, das aufzeigte, dass zwar ursprünglich eine Koproduktion zwischen der Schweiz und der Türkei geplant war, doch durch die außergewöhnlichen Umstände, die eingetreten waren, eine solche zwischen der Schweiz und Frankreich mehr Sinn ergab. Dazu legte ich den Vertrag vom 1. April 1982 und eine Produktionsabrechnung bei. Die Aufwände der Postproduktion in Frankreich belegten einen französischen Anteil.

Da wir auch französische Filmtechniker beschäftigten, stellte sich dieser Umstand als ein Pluspunkt für die Koproduktion heraus. Zudem war der am 1. April 1982 abgefasste Koproduktionsvertrag für die Aufteilung der Produzentenanteile im Verhältnis 50:50 den Koproduktionsanteilen entsprechend: Die Güney Film organisierte und finanzierte den gesamten Dreh und wir die Postproduktion. Das CNC signalisierte seine Zustimmung und hielt diese Aufteilung für eine praktikable Lösung.

Mit den gleichen Unterlagen wurde ich in Bern beim Bundesamt für Kultur (BAK) bei der Sektion Film vorstellig. Der Schweizer Anteil war einfach zu belegen, doch die Sektion Film lehnte den Antrag ab mit der Begründung, die Nationalität des Regisseurs Yılmaz Güney sei und bleibe türkisch, auch wenn er ausgebürgert worden sei.

Damals waren Alex Bänninger und Thomas Maurer in der Leitung des BAK. Ich kann mich noch gut daran erinnern, dass ich im Eifer des Gefechts ziemlich genervt in die Runde warf, die beiden Herren sollten doch Yılmaz Güney persönlich fragen und ihn bitten, seine Nationalität mit entsprechenden Papieren zu belegen.

Ich vermute, dass dem negativen Entscheid eine Beurteilung des Außendepartements (EDA) vorausging und das EDA zum Schluss kam, dass eine diplomatische Verstimmung mit der Türkei vermieden werden müsse. Durch diese Nichtanerkennung hatte der Film kein Ursprungszeugnis, also ein Dokument, das für jeden Lizenzverkauf in andere Länder benötigt wird. Alle späteren Lizenznehmer hatten dafür

Verständnis. Doch die Güney Film hatte durch die Nichtanerkennung der Koproduktion Schweiz – Frankreich keinen Zugang zu den Gutschriften der sogenannten automatischen Förderung.

Der Film erreichte in Frankreich etwa eine Million Zuschauer im Kino. Der Anteil der automatischen Förderung hätte eigentlich bereits einen großen Teil einer neuen Produktion finanziert und somit die Unabhängigkeit der Güney Film befördert. Einige Monate später meldete die Sektion Film des BAK den Film als Schweizer Beitrag für die Oscarnominierung an, worauf wir das offizielle Dokument zugestellt erhielten (Bild links). War YOL auf einmal doch ein Schweizer Film?

Ein Jahr später erhielten auch wir eine Schweizer Auszeichnung, denn die Stadt Zürich verlieh uns den Zürcher Filmpreis für die Gestalter und Produzenten des Films YOL.

Der Regierungsrat des Kantons Zürich
Der Stadtrat von Zürich

Zürcher Filmpreise 1983

Auszeichnung für die Gestalter und
Produzenten des Films ‹Yol›

Zürich, 30. November 1983	Zürich, 30. November 1983
Im Namen des Regierungsrates	Im Namen des Stadtrates
Der Präsident	Der Stadtpräsident
Der Staatsschreiber	Der Stadtschreiber

Wie aus Zülfü Livaneli
ein Sebastian Argol
wurde

Ich zitiere hier mit freundlicher Genehmigung aus Zülfü Livanelis Buch «Roman meines Lebens (Ein Europäer vom Bosporus)», Seiten 258–263.

Aus dem Türkischen von Gerhard Meier

Erschienen im Klett-Cotta-Verlag, Stuttgart, 2011; www.klett-cotta.de

Originalausgabe erschienen unter dem Titel «Sevdalim Hayat» im Verlag Reiz Kitabevi, Istanbul, 2007

Eines Tages bekam ich in Marias Haus einen Anruf aus der Schweiz und wurde gebeten, wegen eines Films nach Zürich zu kommen. Ich hatte schon einen leisen Verdacht und flog deshalb mit Ulke dorthin. Es empfing uns Edi Hubschmid von der Filmproduktionsfirma Cactus, mit der Yılmaz Güney schon mehrfach zusammengearbeitet hatte. Nach einer Nacht in Zürich fuhren wir mit dem Auto in Richtung französische Grenze … Beim Essen bat mich Yılmaz, zu seinem neuen Film die Musik zu komponieren. Ich müsste mich fürs Erste mit der Arbeitskopie begnügen, und zu den Studioarbeiten sollten wir uns dann in Paris treffen, wo Yılmaz sich ohnehin niederzulassen gedachte. Dann fragte er noch, ob wir nicht unserem Wanderdasein ein Ende bereiten und auch nach Paris ziehen wollten. Damit setzte er uns einen Floh ins Ohr.

Zwar hatte das kulturelle Leben von Paris an Authentizität eingebüßt, und die Reminiszenzen an Éluard, Verlaine, Rimbaud, Sartre oder Hemingway wurden inzwischen als Touristenfang missbraucht, aber Paris war eben immer noch Paris. Also beschlossen wir, dorthin zu ziehen. Problematisch stellte sich allerdings die Wohnungssuche dar, denn die Mieten waren eigentlich zu hoch für uns. Wir mieteten uns zunächst in einem recht bescheidenen Zweisternehotel in der Rue des Ecoles ein und suchten dann Tag für Tag, aber ohne Erfolg.

Nebenbei komponierte ich an der Filmmusik. Ich hatte vor, die Musik in Stockholm einzuspielen, da ich dort die entsprechenden Musiker kannte und auch mit den Studios besser vertraut war. Wir besprachen uns oft mit Abidin Dino und seiner Frau Güzin, die uns auch bei der Wohnungssuche helfen wollten. Und plötzlich tat sich eine Lösung auf, und zwar vonseiten der Firma Cactus, die die Produktion von YOL übernahm. Ich sollte mich mit einem Vertreter von ihnen zusammensetzen, um über das Finanzielle zu sprechen.

So traf ich mich in dem Café gegenüber von unserem Hotel mit Edi Hubschmid, der mich auch sogleich fragte, wie viel ich für die Filmmusik verlange, worauf ich erwiderte, er solle mir doch ein Angebot machen. Für den Film SÜRÜ (DIE HERDE) hatte ich unentgeltlich gearbeitet, aber nun steckten wir ziemlich in der Klemme.

Da schlug Edi Hubschmid zu meiner Verblüffung 40 000 Franc vor. Das war für mich eine Riesensumme Geld, doch sollte ich aus dem Staunen nicht herauskommen, denn im Laufe des Gesprächs stellte sich heraus, dass er nicht französische Francs, sondern Schweizer Franken meinte, wodurch sich der Betrag vervierfachte. So half uns ein Wunder aus unserer finanziellen Not.

Mittlerweile hatte Altan Gökalp uns in Montparnasse eine schöne Wohnung gefunden, von der es noch dazu nicht weit zu Abidin und Güzin Dino war. Ich spielte den beiden schon bald die Filmmusik vor, worauf mich Abidin fragte, ob es tatsächlich ratsam sei, dass im Abspann des Films mein Name auftauchte. Das Putschregime war nach wie vor an der Macht, und noch immer ergingen an im Exil lebende Türken Aufrufe, in die Heimat zurückzukehren.

Doch selbst diejenigen, deren Namen nur aus Versehen auf jene Liste geraten waren, zögerten, der Aufforderung Folge zu leisten, da sie nicht wussten, was sie in der Türkei erwartete. Wenn nun bekannt wurde, dass ich im Ausland mit Yılmaz Güney zusammenarbeitete, konnte es mir passieren, dass ich meine Staatsangehörigkeit einbüßte. Schließlich lebten wir in der Hoffnung, eines Tages in die Türkei zurückzukehren. Aus seiner langjährigen Erfahrung heraus empfahl mir Dino, ein Pseudonym zu benutzen. Ich rief daraufhin in Istanbul bei Yasar Kemal an, der mir den gleichen Rat gab.

Ich konnte mich nur schwer mit dem Gedanken anfreunden, denn ich war ja stolz auf diese Musik und hätte sie gerne unter dem Namen Zülfü Livaneli herauskommen sehen. Da mir die Staatsangehörigkeit aber wichtiger war, machten wir uns auf die Suche nach einem geeigneten Pseudonym. Abidin sagte: «In der Bretagne gibt es hübsche Ortsnamen, da finden wir schon ein Dorf für dich.»

Wir breiteten auf dem Tisch eine Landkarte aus, über die Abidin mit dem Zeigefinger so lange fuhr, bis er ausrief: «Ha! Bitte schön: Argol! Da haben wir schon einen Nachnamen.» Argol klang wirklich nicht schlecht. Und der Vorname? Güzin sagte: «Mir gefällt Sebastian gut.»

Und schon war ein Komponist namens Sebastian Argol geboren.

Cannes –
Filmfestival-Tradition

Das Festival von Cannes hat eine interessante Tradition: Alle Filme des Wettbewerbs werden am nächsten Tag in der «Maison des Jeunes» vorgeführt. Ich wollte wissen, wie die jungen Leute auf den Film reagieren. Ich stellte fest: der Saal war bis auf den letzten Platz gefüllt. Als ich den Verantwortlichen fragte, weshalb die Vorführung nicht pünktlich –wie sonst üblich – beginne, gab er zur Antwort, man warte noch auf jemanden. Und dieser «jemand» war Werner Herzog. Er hatte an diesem Tag die Uraufführung seines neuen Filmes FITZCARRALDO mit Klaus Kinski und Claudia Cardinale.

Dann sah ich tatsächlich einige hundert Meter vom Haus entfernt einen jungen Mann im Smoking daherkommen, die obersten Hemdknöpfe geöffnet, den Schlips in der Hand schwingend. Es war Werner Herzog, der den Weg vom Palais in Cannes bis hierher zu Fuss zurückgelegt hatte (circa 3 km). Er war nach seiner Galavorführung direkt zu dieser YOL-Vorführung gekommen. Als ich ihn fragte, warum er ausgerechnet heute den Film sehen wolle, sagte er: «Ich habe viel Gutes gehört und möchte den Film möglichst schnell selber sehen.»

Bis heute ist Werner Herzog einer meiner Lieblingsregisseure aus Deutschland. Berühmtberüchtigt war sein Verhältnis zu Klaus Kinski (siehe Dokumentarfilm MEIN LIEBSTER FEIND) in insgesamt fünf Filmen. Dabei entdeckt der Zuschauer, wie wichtig die Beziehung Regisseur-Hauptdarsteller ist. Deshalb sind die Hauptdarsteller Tuncel Kurtiz und Tarik Akan so entscheidend in den Filmen von Yilmaz Güney.

A FILM BY
WERNER HERZOG
BEST DIRECTOR
FESTIVAL DE CANNES
KLAUS KINSKI
CLAUDIA CARDINALE
FITZCARRALDO

Nach zwanzig Jahren
wieder in der Türkei:
Filmfestival Ankara

Im November 2001 war ich mit dem Film «Azzurro», von Denis Rabaglia ans Filmfestival von Ankara eingeladen. Eine willkommene Gelegenheit, endlich wieder einmal die Türkei zu besuchen. Die Wogen hatten sich mittlerweile geglättet, und YOL war seit 1993 kein verbotener Film mehr.

Zwei Stunden nach meiner Ankunft wurde in der Festivalleitung bekannt, dass ich YOL produziert hatte und deshalb auch ein enger Freund von Yılmaz war. Die Eröffnungsreden wollten kein Ende nehmen, jeder erhob das Glas und wollte mit mir anstoßen – «Arkadas Yılmaz Güney» (Freund Yılmaz Güney). So begegnete ich wieder einigen türkischen Produktionsmitarbeitern, endlich … zwanzig Jahre später. Am tiefsten berührte mich die Begegnung mit der Schauspielerin Şerif Sezer,

die in YOL die zum Tode verurteilte Frau in der Schlusssequenz des Films im Schnee spielte.

Am dritten Tag kam es bei der Festivalleitung zu großer Aufregung. In einer Tageszeitung hatte ein Journalist moniert, dass im Festivalkatalog bei der englischen Übersetzung eines Filminhalts ein unverzeihlicher Fehler aufgetreten war. Der Übersetzer hatte in einer Passage anstelle von «a Kurdish girl» geschrieben: «a girl of Kurdistan».

Nun war die gesamte Festivalcrew damit beschäftigt, mit einem schwarzen Filzstift diese Stelle zu übermalen.

Am Festival traf ich nach all den Jahren unseren Freund aus D. wieder. Er hatte damals bei der Fluchtorganisation den unschuldigen Touristen und Ehemann von Eva gespielt und die Bucht ausfindig gemacht, in der die Yacht anlegen konnte. Weil er einige Monate pro Jahr an der Universität von Ankara Vorlesungen hielt, war er am Festival als Gast geladen.

Am zweitletzten Tage des Festivals wurde ich für eine Kultursendung im ersten Programm des Senders TRT, des staatlichen türkischen Fernsehens, zu einem Interview eingeladen. Die Moderatorin Seynan Levent stellte mir bereits während der Vorbereitungen in der Maske einige kritische Fragen, zum Beispiel jene nach der Qualität von Yilmaz' Filmen, denn es könnten doch unmöglich alle gut sein. Oder ob er nicht im persönlichen Umgang eigensinnig und unkontrollierbar gewesen sei. Nicht zuletzt, ob ich denn nicht wisse, dass Yilmaz einen Staatsanwalt umgebracht habe.

Die Fragen zielten eindeutig darauf ab, die Legende Güney zu diskreditieren, wobei die Dame mir unmissverständlich zu verstehen gab, dass sie mit «Legenden» nichts anfangen könne. Das Interview fand trotzdem statt, wurde auch aufgezeichnet, aber nie ausgestrahlt. Bei der Aufzeichnung hätten sich «technische Probleme» ergeben, so die fadenscheinige Ausrede. Waren meine Antworten im Interview etwa nicht konform genug? – «With a lot of respect!»

Soll man
Filme
vergleichen?

Nachdem Alejandro González Iñárritus Langspielfilmdebüt «Amores Perros» im Jahr 2000 bei der Kritikerwoche debütiert hatte, schaffte es der Filmemacher 2006, mit «Babel» bei den 59. Internationalen Filmfestspielen von Cannes zum ersten Mal im Wettbewerb des renommierten Filmfestivals an der Côte d'Azur vertreten zu sein, wo er unter anderem mit dem Preis für die beste Regie und dem Preis der Ökumenischen Jury ausgezeichnet wurde. Der Film wurde als moderne Parabel auf den biblischen Turmbau angekündigt und stand in der Gunst der Kritiker, die ihn als einen perfekten Film über kulturelle Codes und die Schwierigkeiten der (Völker-)Verständigung bewerteten. Esther Buss von «Jungle World» lobt den Film und seinen Regisseur: «Das Timing ist immer perfekt. […] Seit Filmen wie TRAFFIC, SYRIANA oder auch L.A. CRASH ist diese Form der Parallelmontage zu einer regelrechten Disziplin avanciert. […] Iñárritu treibt seine Figuren unermüdlich in Extremsituationen, darin ist er geradezu intensitätssüchtig.»

Vierundzwanzig Jahre nach YOL schreiben die Filmkritiker, dass der mexikanische Regisseur Iñárritu einen Film- und Montagestil gefunden habe, der zeitgerecht sei und großen Anklang finde. Sollte das so korrekt sein, kann man heute mit Fug und Recht behaupten, dass der Erzählstil und die Montage von YOL seiner Zeit voraus war.

Eine Schlüsselszene
aus dem Film YOL

Kein Regisseur oder Autor mag es, seine eigenen Werke erklären zu müssen. Mir sei hier gestattet, eine der Schlüsselszenen des Films YOL einer genaueren Betrachtung zu unterziehen. Es handelt sich dabei um die lange Schlussszene des Films. Seyit Ali (Tarik Akan) wurde mitgeteilt, dass seine Frau Zine (Serif Sezer) ihm untreu war und er traditionsgemäss während seines Gefängnisurlaubs sie eigenhändig töten muss, damit die Ehre der Familie gerettet werden kann. Bei der ersten Begegnung mit ihr wird jedoch sofort klar, dass er seine Frau noch liebt. Sie bittet ihn um Verzeihung. Er führt sie, zusammen mit dem gemeinsamen Sohn, ins Tal hinunter durch das kalte, tiefverschneite Tal. Es ist ihm bewusst, dass sie diesen Marsch nicht überleben wird. Als seine Frau, bereits halberfroren und im Schnee kriechend, ihn verzweifelt um Hilfe bittet, läuft er erst stur weiter. Doch plötzlich dreht er sich um und stapft zu ihr zurück, um sie vor dem Erfrierungstod zu retten. Es ist zu spät. Obwohl er sie nun, zusammen mit seinem Sohn, ins Tal trägt, kann der Arzt dort nur noch ihren Tod feststellen.

Wenn bei Friedrich Dürrenmatt festgestellt wird, dass in seinen Dramen und Komödien «grosses Welttheater» steckt, so halte ich diese Sequenz für ebenso gehaltvoll und universell.

Tarik Akan und Serif Sezer.

**Die
analoge
Filmtechnik**

Die folgenden Angaben sind für all jene interessierten Leserinnen und Leser bestimmt, die im digitalen Zeitalter aufgewachsen sind und sich die analoge Welt kaum mehr vorstellen können. Heute funktioniert selbstredend alles per Computer, und mit einem Mausklick ist vieles erledigt.

Deshalb sind unten die Werkzeuge zur analogen Filmbearbeitung abgebildet – Relikte der Vergangenheit. Um eine möglichst genaue, lippensynchrone Sprachversion herstellen zu können, benützten die französischen Studios damals ein eigenes System mit der Bezeichnung «La Bande Rythmo» (Rhythmusband). Dabei handelte es sich um einen 35-mm-Blankfilm, der vorne auf die Leinwand unter das Bild projiziert wurde. Der Dialog wurde dann von Hand auf den Blankfilm geschrieben, und zwar so, dass er bei der roten Markierung vorne auf der Leinwand exakt lippensynchron zum Bild stand. Während der Schauspieler respektive Sprecher vorab seinen Text vom Blatt gelernt hatte, konnte er

35-mm-Schneidetisch «Steenbeck».

dadurch im Tonstudio die Szene verfolgen und die Stimmung erfassen, während unten sein Text erschien. Gerade für Laien hatte dieses System große Vorteile.

So saß Yılmaz vor der eigentlichen Sprachsynchronisation in einem separaten Schneideraum und setzte die türkischen Dialoge ein, die Lois Koenigswerther von Hand absolut lippensynchron auf den 35-mm-Blankfilm schrieb. Die Dame war Amerikanerin und verstand kein Wort Türkisch! Gleichzeitig überwachte Elizabeth Waelchli die Herstellung der anderen Tonspuren: Geräusche, Atmosphäre und die Musik. Gemeinsam mit den Mitarbeitern von Studio Marcadet pflegten wir trotz einigen Unstimmigkeiten eine außergewöhnlich gute Zusammenarbeit – über alle Sprachgrenzen hinweg.

Der fertige Film hatte denn auch einen technischen Level, der bei früheren Werken von Yılmaz nicht erreicht worden war. Niemand bemerkte je während der Vorführungen, dass der Film nachsynchronisiert

35-mm-Projektionskabine.

35-mm-Klebepresse.

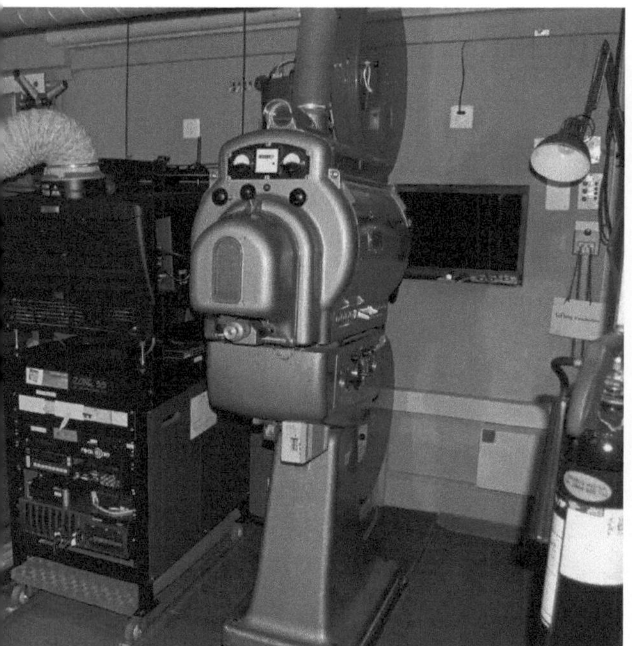

und die gesamte Tonspur im Studio hergestellt worden war. Dieses System wurde dann später auch auf die Computer übertragen, sodass noch heute in Frankreich auf diese Art und Weise synchronisiert wird.

Gleichzeitig komplettierte ein zusätzliches von mir engagiertes französisches Team die anderen Tonspuren: Geräusche, Atmosphäre und die Musik. Die Töne dazu lieferten die Schweizer Techniker Laurent Barbey und André Simmen. Bei der Koordination dieser Arbeiten kam es zu einigen Misstönen, denn Elizabeth gab alle wichtigen Anweisungen, die die französischen Techniker zuerst aber partout nicht annehmen wollten: «Das macht man in Frankreich nicht so!», bekam sie des Öfteren zur Antwort. Wir interessierten uns aber nicht, wie die Franzosen dies normalerweise machten, wir mussten den Film auf unsere eher unorthodoxe Weise innerhalb des engen Zeitplanes fertigstellen.

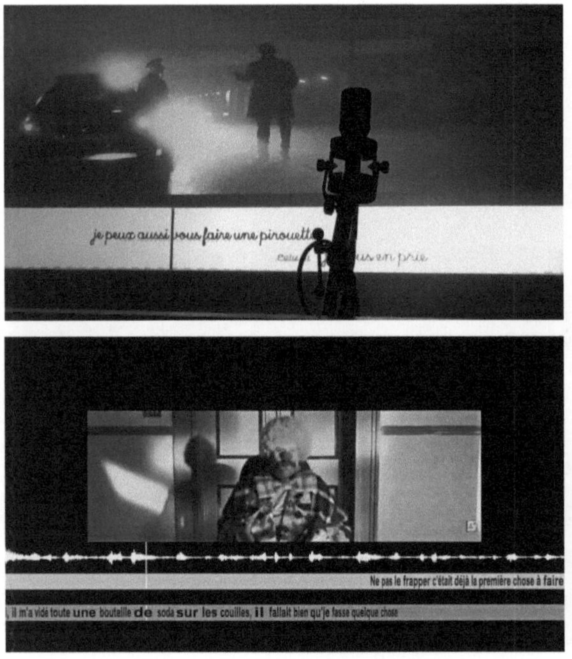

Fragen über Fragen
und
einige Antworten

Oft werden mir zu Yılmaz Güney ähnlich lautende Fragen gestellt. Diese und meine Antworten darauf habe ich hier wie folgt festgehalten:

Warum hat Yılmaz das getan, was er getan hat?
Warum haben die jungen Schweizer der Cactus Film
das getan, was sie getan haben?

Yılmaz hatte diesen Drang nach Freiheit und Selbstbestimmung, als Schriftsteller, Schauspieler, Regisseur und Produzent, all dies kombiniert mit seinem politischen Engagement. Die jungen Schweizer handelten so, weil sie beruflich, politisch und privat dazu motiviert waren.

Wann hat Yılmaz entschieden, dass er das Land verlassen
muss? Warum? Hat er selber entschieden?

Ja, denn er hatte Informationen, dass die Junta strengere Bedingungen für die Gefangenen vorbereitete. Zuerst verbot die Militärregierung die unerwünschten politischen Parteien, dann die Gewerkschaften. Es war nur eine Frage der Zeit, bis sie auch unter den Künstlern «aufräumten». Heute geschieht im Übrigen wieder Ähnliches.

Welches sind die entscheidenden Schlüsselmomente
für die beteiligten Personen?

1. Yılmaz wurde 1976 für viele Jahre mit einer Haftstrafe belegt.
2. Anstatt die geplante Postproduktion des Films YOL anzugehen, musste die Flucht aus dem Gefängnis und aus der Türkei mit der gesamten Familie geplant werden.
3. Nach dem Gewinn der Goldenen Palme in Cannes trennten sich die Wege der Freunde.

Wie wurden die Kinder behandelt?

Von außen betrachtet sicher gut. Sie wurden in Frankreich umgehend eingeschult. Jedoch war es so, dass das familiäre Zusammenleben für alle Beteiligten sicher nicht einfach war, weil es für alle Neuland bedeutete. Über diese Lebensumstände hat Yılmaz' Tochter Elif ein sehr persönliches Buch mit dem Titel «D'une pièce à l'autre» geschrieben.

Welche Beziehungen hatte Yılmaz zu anderen Personen? Liebte er jemanden?

Selbstverständlich. Sein künstlerisches und politisches Schaffen kam jedoch immer an erster Stelle. Auch Familie und Freundschaften waren ihm sehr wichtig. Bei Freunden tolerierte er jedoch kein Zögern und kein Versagen.

Welches waren Yılmaz' Hauptmotive?

Er war ein Künstler auf vielen Gebieten. Er führte auch gerne Menschen, wollte ihnen sehr praktisch aufzeigen, dass man mit Disziplin und Arbeit sein Ziel erreichen und auch Veränderungen bewirken kann.

Ab wann wusste er, dass er sterben würde? Wer hatte es ihm gesagt?

Das weiß ich nicht. Vielleicht hatte er schon Ende 1982 oder 1983 eine Ahnung von seinem nahenden Tod. Mir gegenüber klagte er nur manchmal über Rücken- und später heftig über Zahnschmerzen.

Wie gefährlich war die Situation, einmal in Griechenland, der Schweiz und in Frankreich angekommen?

1. Ein Interpol-Haftbefehl bedeutete, dass jeder Polizist bei einer Ausweiskontrolle Yılmaz verhaften konnte. Eine Auslieferung an die Türkei war dann wahrscheinlich.
2. Der türkische Geheimdienst hätte ihn entführen und/oder umbringen können, was ihm in Cannes fast gelungen wäre.
3. Die türkischen Journalisten wollten ihn unbedingt finden. Sie boten uns erkleckliche Summen für die Story und ein Interview, was wir aber immer ablehnten.
4. Kein Land außer Frankreich hatte ihm und seiner Familie im entscheidenden Moment großzügig Asyl gewährt. Später folgten Griechenland, Spanien und Portugal.

War es möglich, dass andere Länder ihn ausgeliefert hätten?

Ja, beispielsweise die Schweiz, die die diplomatischen Beziehungen mit der Türkei nicht belasten wollte. Bei unserer Anfrage wurde uns mitgeteilt, wir könnten uns mit Yılmaz beim Zoll am Flughafen Zürich einfinden, dann würde alles Weitere abgeklärt. Eine solche Dummheit haben wir natürlich nicht begangen. Eine Garantie für eine sichere Ein-

und Ausreise wurde aber auch von anderen europäischen Ländern nicht gewährt (Österreich, England usw.).

Warum ist dir, Edi, diese Geschichte so wichtig?

Es ist nicht nur wegen der abenteuerlichen und speziellen Aspekte der Produktion so, dass es mir ein dringliches Bedürfnis ist, diese Geschichte zu erzählen. Interessant sind auch die Aspekte zum Exil. Wie frei kann das Leben im Exil überhaupt gestaltet werden? Auch das Thema Freundschaft ist mir wichtig. Yılmaz war zu jener Zeit mein bester Freund.

Hat Yılmaz den Staatsanwalt im Restaurant erschossen?

Das ist nicht bewiesen. Er hatte an jenem Abend zwar auch geschossen. Ob jedoch der Staatsanwalt von einer Kugel aus seinem Revolver tödlich getroffen wurde, werden wir nie erfahren. Für mich spielt es auch keine Rolle. In einem Land wie der Türkei herrschte damals eine Mentalität, die gerade ein Staatsanwalt hätte kennen müssen. Niemand darf einen Mann in der Weise beleidigen, wie es dieser Staatsbedienstete getan hat, indem er Yılmaz' frisch angetraute Frau überaus abschätzig als «Nutte» bezeichnete. Kommt der Umstand hinzu, dass in jener Zeit auf dem Lande alle Männer Waffen trugen. Der Staatsanwalt musste wissen, was eine solche Provokation auslösen konnte.

DVD-Cover Frankreich.

Zur Auswertung von YOL

Ein Film, der mit der Goldenen Palme von Cannes ausgezeichnet wird, lässt sich weltweit gut vermarkten. Die Originalversion des Films mit Untertiteln ist beim Abfassen dieses Textes nur noch in Frankreich auf DVD erhältlich. Yılmaz' wichtigste Filme wurden jedoch auf YouTube, leider in miserabler Qualität, geladen. Wer diese Kopien dort platziert hat, ist mir nicht bekannt. Eine Version des Films enthält interessanterweise englische Untertitel. Eine andere Version hat gar keine Untertitel und beginnt auch nicht mit dem Cactus- und Güney-Film-Signet. Für diese Fassung wurde die Musik von Zülfü Livaneli aufwendig mit einem Sinfonieorchester neu aufgezeichnet, doch dann wurden die Tracks wahllos über den ganzen Film gelegt. Es gilt festzuhalten, dass das Urheberrecht nachträgliche Änderungen ohne die schriftliche Ein-

Standfoto YOL.

willigung des Autors/Regisseurs verbietet. Auf dem DVD-Markt existieren sogenannte Director's Cuts. In der Regel bedeutet dies, dass der Regisseur nach der Kinoauswertung eine eigene Version des Films auf DVD herausgibt, die meist länger ist. APOCALYPSE NOW von Francis Ford Coppola ist ein solches Beispiel. Für den Kinostart hatte besagter Film eine Länge von 153 Minuten. Für den Director's Cut wurden von Coppola 49 Minuten hinzugefügt. Von YOL soll bald ein sogenannter Filmmaker's Cut erscheinen. Urheberrechtlich gesehen wäre dieses Vorhaben nur dann umsetzbar, wenn Yılmaz Güney dazu eine schriftliche, detaillierte Anweisung gegeben hätte. Affaire à suivre!

Standfoto YOL.

Kurzfilmografie von Yılmaz Güney

Eine ausführliche Filmografie seiner wichtigsten Filme befindet sich auf der Website.

Als Drehbuchautor, Regisseur und Darsteller

1966	At Avrat Silah	**1971**	Kaçaklar
1967	Bana Kurşun İşlemez		Vurguncular
	Benim Adım Kerim		İbret
1968	Pire Nuri		Yarın Son Gündür
	Seyyit Han		Umutsuzlar
1969	Aç Kurtlar		Acı
	Bir Çirkin Adam		Ağıt
1970	Umut		Baba
	Piyade Osman	**1974**	Arkadaş
	Yedi Belalılar		Endişe
		1975	Zavallılar

Als Drehbuchautor

1959	Karacaoğlan'ın Kara Sevdası	**1975**	İzin
1961	Yaban Gülü		Bir Gün Mutlaka
1963	Ölüme Yalnız Gidilir	**1978**	Sürü
1966	Burçak Tarlası	**1979**	Düşman
		1980	Yol
			Duvar

Als Drehbuchautor und Darsteller

1958	Alageyik	**1966**	Aslanların Dönüşü
	Bu Vatanın Çocukları		Eşrefpaşalı
1963	İkisi de Cesurdu		Hudutların Kanunu
1964	Hergün Ölmektense		Yedi Dağın Aslanı
	Kamalı Zeybek		Tilki Selim
	Koçero	**1967**	At Hırsızı Banuş
1965	Kasımpaşalı		Şeytanın Oğlu
	Kasımpaşalı Recep	**1968**	Azrail Benim
	Konyakçı		Kargacı Halil
	Krallar Kralı	**1969**	Belanın 7 Türlüsü
		1970	Imzam Kanla Yazılır
			Sevgili Muhafızım
			Şeytan Kayaları

Als Darsteller

1959 Tütün İmzam	**1967** Balatlı Arif
1961 Dolandırıcılar Şahı	Bomba Kemal
Tatlı-Bela	Büyük Cellatlar
1964 Halimeden Mektup Var	Çirkin Kıral Affetmez
Kocaoğlan	Eşkiya Celladı
Kara Şahin	İnce Cumali
Mor Defter	Kızılırmak-Karakoyun
10 Korkusuz Adam	Kozanoğlu
Prangasız Mahkumlar	Kuduz Recep
Zımba Gibi Delikanlı	Kurbanlık Katil
1965 Ben Öldükçe Yaşarım	**1968** Aslan Bey
Beyaz Atlı Adam	Beyoğlu Canavarı
Dağların Oğlu	Can Pazarı
Davudo	Marmara Hasan
Gönül Kuşu	Öldürmek Hakkımdır
Sayılı Kabadayılar	**1969** Bin Defa Ölürüm
Kan Gövdeyi Götürdü	Çifte Tabancalı Kabadayı
Kahreden Kurşun	Güney Ölüm Saçıyor
Haracıma Dokunma	Kan Su Gibi Akacak
Kanlı Buğday	Kurşunların Kanunu
Korkusuzlar	**1970** Çifte Yürekli
Silaha Yeminliydim	Kanımın Son Damlasına Kadar
Sokakta Kan Vardı	Onu Allah Affetsin
Tehlikeli Adam	Son Kızgın Adam
Torpido Yılmaz	Zeyno
Üçünüzü de Mıhlarım	**1971** Çirkin Ve Cesur
Yaralı Kartal	Namus Ve Silah
1966 Anası Yiğit Doğurmuş	**1972** Sahte Yar
Çirkin Kıral	
Kovboy Ali	
Silahların Kanunu	
Ve Silahlara Veda	
Yiğit Yaralı Olur	

Presseheft YOL,
Mai 1982

Allgemeine Informationen

Produktion
Koproduktion Güney Film und
Cactus Film AG, Zürich

Ausführender Produzent
Cactus Film AG, Zürich,
Edi Hubschmid

Drehbuch
Yılmaz Güney

Regie
Şerif Gören für Yılmaz Güney

Kamera
Erdoğan Engin

Musik
Sebastian Argol
Kendal Nezan

Schnitt
Yılmaz Güney
Elizabeth Waelchli

Darsteller
Tarık Akan
Halil Ergün
Necmettin Çobanoğlu
Tuncay Akça
Hikmet Çelik
Güven Sengil

Kopierwerk
Cinégram SA, Genève, LTC, Paris

Filmmaterial
Fujicolor Negativ, 35 mm , 1:1, 35

Tonstudio
Record Film, Gerard Cohen,
Studio Marcadet, Paris

Geräusche
Henri Humbert

Mischung
Gérard Tilly

Titel
Télétitres, Paris

Dauer
111 Minuten

Welturaufführung
Internationales Filmfestival
Cannes 1982

Verleih Schweiz, Weltvertrieb
Cactus Film AG, Dorfstrasse 4,
CH-8037 Zürich

Frankreich
Nef-Diffusion, Paris

Griechenland
Panom-Film, Athen

Dreharbeiten
Januar bis Mai 1981, Türkei

Fertigstellung
Januar bis April 1982, Paris

Darsteller

Tarık Akan
in der Rolle von: Seyit Ali

Şerif Sezer
Zine

Halil Ergün
Mehmet Salih

Meral Orhonsoy
Emine

Necmettin Çobanoğlu
Ömer

Semra Ucar
Gülbahar

Hikmet Çelik
Mevlüt

Sevda Aktolga
Meral

Tuncay Akça
Yusuf
Hale Akınlı
Seyran
Turgut Savaş
Zafer
Hikmet Taşdemir
Şevket

Engin Çelik
Mirza
Osman Bardakçi
Berber Elim
Enver Güney
Cinde
Erdoğan Seren
Abdullah

Technische Angaben

Drehequipe in der Türkei

Regie
Şerif Gören
Drehbuch und Dialoge
Yılmaz Güney
Produzent
Kerim Puldi
Produktionsleitung
Erol Gözmen
Kamera
Erdoğan Engin

Regieassistenz
Muzaffer Hiçduramaz
Ahmet Soner
Turgay Aksoy
Techniker
Ali Dövenci
Mustafa Koçyigit
Nurettin Akçabay
Ekrem Ülgey
Necip Koçak
Seref Yılmaz
Ibrahim Kul

Equipe der Endverarbeitung

Schnitt
Yılmaz Güney
Elizabeth Waelchli
Laura Montoya
Helene Arnal
Serge Guillemin
Musik
Sebastian Argol
Kendal Nezan
Ton
Record Film, Gerard Cohen,
Studio Marcadet, Paris
Henri Humbert
Gérard Tilly
Lois Koenigswerther
Patrick Joulin
Charles Nobel
André Simmen
Laurent Barbey
Regie-Synchronisation
Yılmaz Güney

Sprecher/Synchronisation
40 Personen türkischer
Nationalität, die in Paris leben
Produktion
Edi Hubschmid
Nihat Behram
Presseattachés
Marie-Christine Malbert
Urs Odermatt
Fotos
Bruno Hubschmid
Titel
Télétitres, Paris
Kopierwerke
Cinégram SA, Genève, Gérard
Hervochon, Maurizette Husson
LTC, Paris
Eine Koproduktion
der Güney Film und Cactus Film AG,
Zürich, Maran Film, München,
Schweizer Fernsehen SRG
Spezieller Dank an
Limbo Film AG, George Reinhart

Anmerkungen zum Film YOL

Yılmaz Güney

In der Zeit nach dem faschistischen Staatsstreich in der Türkei vom 12. September 1980 sind im Zeichen repressiver Sofortmaßnahmen in allen Bereichen des sozialen Lebens auch die Urlaubsprivilegien in halboffenen Gefängnissen bis auf Weiteres gestrichen worden. Um auf einen Urlaub hoffen zu können, muss ein Häftling mindestens ein Drittel seiner Strafe verbüßt haben und darf zu keinen Klagen Anlass gegeben haben. Beschimpfungen, Misshandlungen, Erniedrigungen, Zwangsarbeit und Willkür sind im Gefängnis tägliches Brot. Häftlinge, die um einen Urlaub bangen, bleibt nur die Wahl: Resignation und völlige Unterwerfung.

Eines schönen Tages erklärt die Strafvollzugsbehörde, dass Urlaubstage wieder gewährt werden sollen. Ein Traum erfüllt sich für einige Häftlinge. Freude und Traurigkeit, Überschwänglichkeit und bange Vorahnungen vermischen sich.

Sie werden, so denken die Häftlinge, für einige Tage alles wiederfinden, was ihnen während Jahren so sehr gefehlt hat. Aber sind im Leben Schicksalsschläge nicht vorgezeichnet, Fallen nicht gestellt? Ausgehend von der Situation und den Beziehungen von fünf Häftlingen auf Urlaub versucht YOL die Lebensumstände der Menschen in der Türkei nachzuzeichnen, den Widerstand aus dem Volk, besonders den Widerstand jener Menschen, die als Angehörige der kurdischen Nation leiden, die Situation der Frau in der türkischen Gesellschaft und die schlimmen Folgen einer patriarchalischen Moral. Dies alles im Versuch, die Maschen der Zensur zu umgehen. Schmerz, Hass, Liebe, Gewissensbisse und Hilflosigkeit, alles findet seinen Platz im Strudel des Lebens. Manchmal im Innersten, manchmal in den oberflächlichsten Redensarten. Selbstachtung drängt einige, die Resignation zu verweigern, motiviert sie, zu trotzen, aufzubegehren, Saat für künftige, große Revolutionen zu setzen. Diese Heldentaten stehen selten im Vordergrund. Sie werden auf bescheidene Art erzählt.

YOL erzählt in erster Linie die Geschichte dreier Personen: Seyit Ali, Mehmet Salih und Ömer. Der jüngste der Häftlinge auf Urlaub, Yusuf, wird bereits zu Beginn der Geschichte wieder verhaftet. Er hat seine Papiere verloren. Nach Gaziantep zu seiner Familie wird er nicht gehen können. Sein Geschenk für seine Liebste, einen Kanarienvogel, muss er einem Boten übergeben. Mevlût, der fünfte Held des Films, kann sich auch nicht über die Widersprüche und Zwänge einer patriarchalischen Gesellschaft hinwegsetzen.

Auf ihn und seine Verlobte und auf ihre Leidenschaft warten viele Barrikaden. Und dabei hat er sie doch so sehr vermisst. Das Leben außerhalb der Gefängnismauern scheint ihm keinen Deut besser. Mevlût fühlt sich immer unter Beobachtung, angekettet. Doch die Mauern in seiner zivilen Gefängniswelt sind nicht aus Stein, sondern gepflastert mit festgefahrenen Traditionen und heuchlerischer Moral.

Die drei Hauptakteure Seyit Ali, Mehmet Salih und Ömer werden vom Leben gebeutelt. Wie waren sie voll von Hoffnung, als sie die Mauern des Gefängnisses hinter sich ließen! Das waren Illusionen! Der Urlaub war zwar kurz. Doch für diese Zeit wird ihnen der Duft der Freiheit um die Nase wehen. Sie dachten, eine Woche könnte genügen, um sie all den Kummer und die Demütigungen vergessen zu lassen. Umso größer war ihre Enttäuschung. Zum Teufel mit dieser Freiheit! Unter dem Joch sozialer, wirtschaftlicher und moralischer Zwänge bleiben sie bloß Marionetten eines unbeeinflussbaren Schicksals. Was soll man da machen? Mehmet Salih, erschossen von seinem Schwager, muss die Antwort schuldig bleiben. Doch Seyit und Ömer kämpfen mit dem Rücken zur Wand. Ömer kehrt nicht ins Gefängnis zurück. Sein Bruder wurde von Zöllnern erschossen, er muss sich um dessen Familie kümmern. Er zieht es deshalb vor, jung und ohne Scham zu sterben als alt und erniedrigt.

Verfolgt vom Tod seiner Frau, fühlt sich Seyit Ali zerrissen und gevierteilt vom unabwendbaren Schicksal. Soll er ins Gefängnis zurückkehren? Er weiß nicht, was er tun soll. Seine Hilflosigkeit und seine Gewissensbisse quälen ihn ohne Unterbruch. Der Zug führt ihn in die Ferne, in ein ungewisses Schicksal.

Ausschnitte aus einem Gespräch mit Yılmaz Güney

21. April 1982

Nach der Schule besuchte ich Kurse an der Fakultät für Wirtschaftswissenschaften in Istanbul, dies aber nur zwei Jahre lang. Da ich den Studiengang nicht abgeschlossen habe, kann ich auch nicht sagen, ich sei ein ausgebildeter Wirtschaftsexperte. In dieser Fakultät werden Kaderleute ausgebildet, künftige Bankdirektoren, Experten, Buchhalter. Es steht außer Frage — heute und schon gar nicht damals —, über den Marxismus als mögliches Wirtschaftsmodell in dieser Abteilung zu sprechen. Im Gegenteil, der Marxismus wird als feindliche, zersetzende Ideologie totgeschwiegen. Die Fakultät bereitet die Studenten nicht für ihre spätere Tätigkeit vor. Es sind vielmehr die wirtschaftlichen Bedürfnisse der Türkei, die die Leute dort steuern. Ich wäre bei Studienabschluss bestimmt Beamter geworden, in der Privatwirtschaft oder im öffentlichen Sektor.

[...]

Bis zu seinem 35. Lebensjahr hatte mein Vater zahlreiche Berufe ausgeübt. Danach ist er eine Art Verwalter auf einem Bauerngut geworden. Er wurde die rechte Hand des Gutsbesitzers. So pendelte er also zwischen zwei Klassen. Ich selber fühlte beim Spielen mit den Kindern der Reichen, dass ich nicht ganz zu ihnen gehörte. Wenn ich mit den Armen spielte, akzeptierten sie mich zwar, aber einer der ihren war ich auch nicht. Ich habe sehr schnell begriffen, dass ich wählen müsste, um nicht in die gleiche Situation wie mein Vater zu geraten. Mit sechzehn begann ich zu fühlen — zuerst war es wohl nur eine Ahnung —, wie die Besitzer trotz ihrer gespielten Freundlichkeit die Bauern ausbeuteten. Als Antwort darauf habe ich beschlossen, künftig in der Stadt zu arbeiten. Mit diesem Entschluss habe ich nicht einen bestimmten Beruf gewählt, wohl aber eine gewisse Lebensweise. Meine erste Anstellung war in einem Geschäft, das Filme reparierte. Diesen Job fand ich völlig zufällig, es hätte auch etwas ganz anderes sein können. Der Besitzer dieses Geschäfts war der Vater jenes Mädchens, das später in SÜRÜ die Rolle der Melike spielte. Ein wahrer Zufall.

Der Zufall hat mich also in eine Branche geführt, die ich schon vorher bewundert hatte, den Film. Diese Arbeit wurde zu einem Wendepunkt in meinem Leben. Zum ersten Mal konnte ich ins Nachbardorf fahren, denn ich hatte Filme abzuliefern, die dort vorgeführt werden sollten. Es war zugleich das erste Mal, dass ich aus meinem Dorf hinauskam.

Später habe ich dann für eine andere Filmgesellschaft gearbeitet, die mich in der ganzen südöstlichen Türkei herumgeschickt hat. Es wurde mir klar, dass es mehr gibt als die Scholle, an die der Bauer gebunden ist und über die er sein ganzes Leben nie hinauskommt. Ich habe gemerkt, dass es noch anderes gibt, das über damalige Erfahrungsbereiche hinausging. In der Sekundarschule und in der ersten Lyzeumszeit las ich natürlich die Geschichte der Ottomanen wie alle anderen Schüler auch, eine Geschichte voller Eroberungen. Doch ich konnte keine Leidenschaft für deren Beutezüge aufbringen, denn ich ahnte, wie viel Leid sie den Unterdrückten gebracht hatten. Ich hatte dafür nicht die geringste Bewunderung für sie. Meine Vorliebe galt eher jenen bürgerlichen – so möchte ich sie nennen – Revolutionären am Ende des 19. und Anfang des 20. Jahrhunderts, wie dem Dichter Namok Kemal oder dem Staatsmann Midhat Pasha. Sie machten auf Dinge aufmerksam, die die breite Bevölkerung nicht kannte, und sie wurden verfolgt für die Dinge, die sie laut zu sagen wagten. Leute ihres Schlages, Galiläus etwa, waren meine Idole.

Ich hatte bei mir damals eine kleine künstlerische Ader entdeckt, schrieb einige Geschichten, doch ohne glückliche Umstände wäre ich nicht so weit gekommen, wie ich heute bin. Meine Liebe zur Kunst entstand aus dieser Bewunderung heraus. Meine erste Begegnung mit dem Film hatte ich in meinem Dorf. Zu jener Zeit gab es ein Wanderkino. Ich meine damit nicht einen Wagen mit einem 16-mm-Projektor, sondern einen Mann, der auf seinem Rücken eine Kiste trug mit einer Kurbel zum Drehen und einem kleinen Guckloch. Alle Kinder kamen, um den Film zu sehen, und drückten ihr Auge an dieses Loch. Der Mann kurbelte, sang Lieder und erzählte Geschichten, die mehr oder weniger mit dem Film zusammenhingen. Er wusste so ungefähr, was in der Kiste passierte. Was man im Allgemeinen sah, waren Filmstücke, Filmabfälle, Landschaften, Länder, den König der Cowboys, den Krieg von Indochina und so weiter. Mit meinem Vater ging ich ab und zu in die Stadt und manchmal auch ins Kino.

[…]

1954 schrieb ich meine ersten Erzählungen. Drei Jahre später hat man mir vorgeworfen, kommunistische Propaganda zu machen und mich zu siebeneinhalb Jahren Gefängnis und zwei Jahren Exil verurteilt. Ich habe gegen dieses Urteil appelliert, und meine Strafe ist auf ein Jahr Haft und sechs Monate Exil reduziert worden. Während dieser Gefängnisstrafe habe ich meinen ersten Roman verfasst. Es geht darin um die Unterdrückten, Ausgebeuteten. Er ist in der Zeit von 1962 und 1963 geschrieben worden.

Eine weitere Untersuchung ist 1958 eingeleitet worden. Ein Urteil wurde aber erst 1961 gefällt. Im Mai 1961 wurde ich bis Dezember 1962 eingesperrt, musste dann ins Exil und bin 1963 zurückgekehrt.

Meinen Roman habe ich in der letzten Zeit der Inhaftierung und während des Exils in Konya, einer Stadt in Anatolien im Zentrum der Türkei, wo der konservativste und religiös fanatischste Bevölkerungsteil der ganzen Türkei lebt, geschrieben. Ich hatte materiell und moralisch revolutionären Studenten geholfen und habe sie bei mir versteckt. Dafür habe ich zehn Jahre Gefängnis bekommen.

Heute können mir gewisse Leute vorwerfen, dass ich wie ein Bourgeois lebe. Man muss allerdings verstehen, dass nach der langen Zeit der Entbehrung und der harten Lebensschule schon noch einige Wünsche offen sind.

Die dokumentarische Basis meiner Filme ist das Leben, mein Leben und das jener, die ich kenne. Wenn ich zum Beispiel den Film UMUT (HOFFNUNG) nehme, so erzähle ich die Geschichte meiner Familie, meines Vaters und meines Bruders. SÜRÜ (DIE HERDE) schildert die Geschichte der Familie meiner Mutter oder vielmehr ihres Onkels. Wenn ich von meinem letzten Film YOL rede, ist es die Geschichte meiner Freunde, all jener Leute, die ich gekannt habe, mit denen ich mich verbunden fühlte, mit denen ich zusammengelebt habe. Ausgangspunkt ist immer das Leben, doch manchmal spielt eine systematische, wissenschaftliche Suche nach Zusammenhängen eine wichtige Rolle, wenn man Leben aufzeichnen und neu erzählen will.

Als Filmschaffender, als Schauspieler bin ich in vielen Milieus herumgekommen. Zuerst bei Leuten, die sich in der Provinz um den Film kümmerten, dann bei Leuten, die zu der dominierenden Klasse der Filmbranche gehörten, aber auch bei der Polizei, bei der Verwaltung.

Ich gehe bei meinen Filmen von einem zentralen Thema aus und baue meine Geschichte um diesen Erzählkern auf. Dieses Thema ist das Resultat meiner Nachforschungen. Die Kürze meiner Filmtitel hängt mit dem zentralen Thema zusammen, das ich mir stelle. Dieses eine Titelwort hat meist einen sehr reichen und weiten Sinn. AĞIT, eine Elegie etwa, ist ein Lied voller Tränen, seien es nun Tränen der Freude oder Tränen der Trauer. Ein Lied über das Leben also. SÜRÜ ist eine Kurzform für all die Regeln, welche uns lenken, alle Zwänge, alle Ausbeutungen. Je kürzer der Titel, desto weiter der Sinn.

Nach meiner Entlassung aus dem Gefängnis wollte ich eine Serie von sechs Filmen drehen. Jeder sollte einen Teil der Gesellschaft, der Bauern, des Unterproletariats, der Bürger zeigen. Der Film ARKADAS (FREUNDE) war der erste Film dieser Serie. Aber ich habe sie nicht zu Ende führen können. Dann kam die Zeit, wo sich mein Name besser verkaufen ließ. Einige Produzenten bekamen Angst und fragten sich, was sie tun sollten. Für sie war ich gerade gut genug, um Schuhe zu putzen, denn ich war ein Kommunist.

Diese Leute haben stets nur Geschichten erzählt, die nicht die Geschichte des Volkes, der Massen waren. Sie haben nicht begriffen, dass die Massen meine Filme liebten, weil sie sich in ihnen wiederfanden. Und die Massen waren es, die meinen Filmen den Erfolg brachten.

Am Anfang habe ich meine Zuschauer ausgewählt. Ich wollte keine Allerweltsfilme für jedermann machen. Ich musste mir also im Klaren sein, wer meine Filme sehen wird. Die große Mehrheit der Leute, die in der Türkei ins Kino gehen, stammt aus der Mittelklasse. Es sind Kaufleute, Arbeiter, Jugendliche zwischen zwölf und achtzehn, vielleicht zwanzig Jahren. Die Leute der herrschenden Klasse, reiche Leute, gehen nur selten ins Kino. Bei den wenigen Gelegenheiten gehen sie nicht in türkische, sondern in ausländische Filme oder höchstens in türkische Renommierfilme.

Meine Filme sind einen ganz anderen Weg gegangen. Zuerst wurden sie in den kleinen Dörfern gespielt, später kamen sie in die Provinzstädte. Mit den größeren Städten war es dasselbe: zuerst am Stadtrand und später im Herzen der Großstadt. Ich hatte mir gesagt, eines Tages werden die großen Produzenten zu mir kommen und sich entschuldigen. Erst dann würde ich für sie arbeiten, erst dann etwas für sie produzieren. Sie haben mich in der Tat um Entschuldigung gebeten, nur war ich damals im Gefängnis.

Als SÜRÜ in der Türkei anlief, wurde ich pausenlos bedroht, sogar Bomben wurden gelegt. Hier in Europa kennt man mich wenig. Hier muss ich mir mein Publikum erst schaffen. Wahrscheinlich werden meine Filme mit ihrem Pathos bei den Massen auf ein Echo stoßen, weil sie ihre eigenen Gefühle im Film wiederfinden. In den türkischen Gefängnissen gibt es heute etwa 100 000 politische Gefangene. Das zeigt einerseits, dass ein revolutionäres Potenzial in der Türkei vorhanden ist, dass diese Leute andererseits aber praktisch ohne Erfahrung sind. Sie wissen nicht, wie sich eine revolutionäre Theorie in die Praxis umsetzen lässt. Ich würde sagen, dass dies eine Kinderkrankheit jedes revolutionären Prozesses ist.

In der Türkei entsteht zwischen mir und dem Zuschauer eine Art Komplizenschaft, denn die Zensurkommissionen sind sehr streng und lassen in meinen Filmen sehr wenig von meinem Gedankengut durchsickern. Ich bin gezwungen, nach Symbolen und Bildern zu suchen, um mit meinen Zuschauern den Dialog zu finden. Der Zuschauer versteht meine Symbole sehr gut, weil es gewisse Werte gibt, gewisse Konstanten, Allegorien, die meine Gedanken übermitteln. Im Grunde genommen muss man meine Filme und mein Leben als ein Ganzes betrachten. Ich kann mir nicht vorstellen, dass meine Filme für sich allein verstanden würden. Von den türkischen Arbeitern im heutigen Europa zu erzählen, hat keinen großen Sinn – ihre Probleme hängen nicht damit zusammen, dass sie Türken sind.

Es sind die gleichen wie die der jugoslawischen Arbeiter, wie die der spanischen und italienischen Emigranten. Wenn ich von Arbeitern rede, spreche ich nicht über Nationalitäten, sondern vom Problem der Emigration. Da kann die Hauptperson ein Araber sein oder ein Türke. Es spielt keine Rolle.

Wenn ich einen Film mache, ist das Wesentliche nicht so sehr, neue Themen zu finden, etwas noch nie Dagewesenes zu machen, noch nie Gesehenes zu zeigen. Man kann sehr gut über ein Thema erzählen, das schon hundertmal behandelt worden ist. Man kann dabei eine neue Perspektive entdecken, auf eine neue Art an das Thema herangehen, auf eine neue Art Dinge erzählen. Das Wesentliche ist, einer schon erzählten Geschichte eine neue Dimension zu geben. In dieser Hinsicht erleichtern es Zensur, Schikanen und Druck, in engen Grenzen eine Geschichte neu erzählen zu müssen. Aus diesem kleinen Freiraum ist kein Ausbruch möglich. Es ist schwieriger, in völliger Freiheit zu arbeiten. Es kostet viel Anstrengung, in einer neu gewonnenen Freiheit zu wirken und in dieser Freiheit zu leben. Dies wird mein nächster Schritt sein. Das Wichtigste für mich ist, den Polizisten zu zerstören, den ich in meinem Kopf habe. Wenn das gelungen ist, lässt es sich in dieser Freiheit gut leben und arbeiten.

Ein anderes Hauptthema meiner Filme ist das Gefängnis, die Geschichte der Abhängigkeit, der gescheiterten Leute, der in die Enge Getriebenen. Im Grunde genommen ist die ganze Welt ein riesiges Gefängnis. In jedem meiner Filme gibt es Leute, Helden, die ein kleines Stück Souveränität leben, aber im Allgemeinen stehen die Leute nicht über ihren Lebensumständen.

Im Gefängnis waren nach einer gewissen Zeit die meisten, 90 bis 95 Prozent der Gefangenen, auf meiner Seite und verstanden mich. Dieser Zusammenhalt und diese Solidarität haben einen immer größer werdenden Druck gegenüber der Verwaltung der Strafanstalt gebracht. Ein Gegendruck, der aus dem Innern des Gefängnisses kam. Meine Forderungen als Vertreter der Gefangenen etwa nach Beschränkung oder

Abschaffung von Körperstrafen oder nach einer gerechteren Verteilung der Nahrungsmittel hat trotz aller Restriktionen einige Konzessionen der Gefängnisbehörden bewirkt.

Sobald ich 1979 in Halbfreiheit war, habe ich rasch das Material zusammengetragen, das ich für diesen Film brauchen würde: Drehbuch, Notizen, Dokumente, meine Beziehungen zu den Mitgefangenen. Zu jenem Zeitpunkt bestand das Projekt erst aus stichwortartigen Notizen.

Erst im August 1980 habe ich begonnen, das eigentliche Drehbuch zu schreiben. Ich habe fünf Monate lang geschrieben und brauchte noch weitere zwei Monate für Korrekturen, während die Vorbereitungen für die Dreharbeiten bereits anliefen. Die definitive Form ist erst im März 1981 festgelegt worden.

Es gibt in der Türkei zwei Zensurkommissionen: Die eine ist streng, rigide, die andere ist offener, aus Demokraten und liberaleren Leuten zusammengesetzt. Ich habe versucht, einen geeigneten Augenblick zu finden, der zweiten Kommission das Drehbuch zu schicken, damit es von dieser geprüft würde. Es waren nur 24 Seiten, eine Zusammenfassung. Das eigentliche Drehbuch zählte vor den Dreharbeiten mehr als 150 Seiten.

Ich schreibe die Drehbücher sehr ausführlich. Einstellung um Einstellung wird ausgeführt. Notizen auf der unteren Seitenhälfte enthalten besondere Angaben über das Spiel der Schauspieler. Ich habe sogar gewisse Szenen den Schauspielern vorgespielt, um ihnen zu zeigen, wie ich es haben will. Ich habe mit dem Regisseur lange Gespräche geführt, um ihm meine Absicht über den Film zu erklären. Aber schließlich sind sie es, die den Film gemacht haben, nicht ich.

Ich habe Şerif Gören ausgewählt, weil er mein Assistent war. Zudem sprechen wir eine gemeinsame Filmsprache. Ich habe ihm Angaben in großen Linien gemacht zu den Drehorten. Ich sagte ihm etwa, man müsse diese Sequenz in der Autobusgarage von Adana drehen. Aber natürlich hat Gören letztlich ausgewählt. Nur die großen Linien waren vorgezeichnet. Vor Beginn der Dreharbeiten ist Gören drei Tage lang zu mir gekommen, um mit mir zu diskutieren. Dann sind wir über einen Briefwechsel in Verbindung geblieben.

Dieser Film steht über dem technischen Standard, den man für gewöhnlich in der Türkei findet.

Als ich dieses Drehbuch schrieb, wusste ich genau, dass dieser Film keine Chance hätte, in der Türkei gezeigt zu werden. Ich musste also aus dem Film etwas Besonderes machen. Denn er war ja auf jeden Fall für die europäischen Zuschauer bestimmt. Dies umso mehr, als auch europäische Technik und europäische Kopierwerke und Tonstudios benützt wurden. Ich wusste damals noch nicht, dass ich bei der Fertigstellung des Films würde dabei sein können.

Die bürgerliche Demokratie ist in der Türkei nie wirklich verwurzelt gewesen. In einem Land wie diesem kann sie nicht für jedermann existieren. Es gibt sie nur für gewisse Leute, die sich Demokratie leisten können und die genügend Macht haben, sich dennoch durchzusetzen.

Nie konnte sich das Volk entscheiden, ob die Türkei für die Demokratie bereit ist oder nicht. Die Türkei hat das Gleichgewicht der Kräfte noch nicht gefunden, welches eine gerechte, chancengleiche Demokratie erlaubt. Man kann sich fragen, ob vor dem Militärputsch tatsächlich eine Demokratie existiert hat. Es war wohl nicht der Fall. Gewisse Rechte sind sicher von den Militärs abgeschafft worden. Aber vorher konnte man auch nicht von einer Demokratie sprechen.

Die Kollaborateure der Militärs erhalten keine Belohnung. Das Einzige, was sie als Gegenleistung erhalten, ist die Wahrscheinlichkeit, den Lebensstandard zu halten, nichts zu verlieren, was sie heute haben. Der Preis ist sehr hoch, denn sie verlieren ihre Persönlichkeit, den Respekt vor sich selber. Ein Professor etwa wird sich mit dem begnügen müssen, was in seinen Büchern steht und darf keinen Zentimeter davon abrücken. Zahlt er diesen Preis, wird er seine Ruhe haben und seinen materiellen Komfort retten können. Der Preis dafür ist die Unterjochung, die Versklavung. Öffentlich darf niemand mehr reden, aber im Geheimen tragen viele dazu bei, die Massen zu informieren, sie zu erziehen, ihnen von der Gerechtigkeit zu erzählen.

Nicht nur die Arbeitslosen bilden die Opposition, sondern auch Leute, die hart arbeiten. In den türkischen Großstädten gibt es Gefängnisse, die für politische Häftlinge reserviert sind und die direkt der Autorität der Militärs unterstehen. Das Leben in diesen Gefängnissen ist ein wahrer Albtraum. Alles wird dem Rhythmus der Armee angeglichen. Alles wird dafür getan, die Leute zu vernichten, ihre Gehirne zu waschen, ihre traditionellen Denkweisen zu zerstören. Wenn nun ausländische Delegierte türkische Gefängnisse besuchen, bringt man sie mit Leuten zusammen, die schon so sehr gepeinigt wurden, dass sie jeden Widerstand aufgegeben und sich dem System ergeben haben. Sie haben auch nichts mehr zu sagen. Auch die Exilierung ist in der Türkei eine sehr geläufige Strafe.

Als Herausgeber einer politischen und kulturellen Monatszeitschrift von zwölf Nummern wurde ich zu fünfundzwanzig Jahren Gefängnis wegen kommunistischer Propaganda verurteilt. Für zehn dieser zwölf Nummern hat es einen Prozess gegeben. Für vier Ausgaben ist das Urteil schon gesprochen, die anderen sind noch hängig. Schon nur für meine Ansichten stehen mir beinahe hundert Jahre Gefängnis zu.

Der Laizismus des türkischen Staates ist eine Realität. Weder im Strafgesetzbuch noch in der Verfassung ist die Religion verankert.

Zur Zeit des Osmanischen Reiches stützten sich die Gesetze allerdings noch auf den Koran und auf die Regeln des Islam. Die vollkommen klare Trennung zwischen Kirche und Staat ist für die Türkei allerdings eine Neuerung.

Ein Fehler war, dass man das Volk unter Androhung von Repression zwingen wollte, diese Neuerungen anzunehmen. Da hat sich eine ganz normale Reaktion gebildet, die Leute wurden in ihrer religiösen Situation radikalisiert oder mehr noch in Sekten gedrängt.

Man kann die Rolle des Islam als antikommunistisches Bollwerk nicht leugnen. Aber mit der Hypothese, in der Türkei Leute zu zwingen, zum Islam zu wechseln, um Modernisierungen durchzusetzen, kann ich mich nicht anfreunden. Man kann nur darauf warten, dass die wirtschaftliche Situation einen Mentalitätswechsel bewirkt. Ohne diese Prosperität nämlich kann man den Schleier nicht aus dem türkischen Alltag verbannen. Das ist nur möglich in einer Zeit der wirtschaftlichen Blüte, die mit überzeugenden Resultaten aufwartet. Nur auf diesem Weg wird man nach und nach die Religion zurückdrängen können, aber sonst kann man nichts machen.

Der 12. September, das Datum des Militärputsches, hat für mich nicht sofort eine Veränderung bewirkt. Diese hat sich über drei Monate hingezogen. Während dieser Zeit haben mich die Militärs vollkommen ignoriert. Ich wurde im gleichen Gefängnis belassen, in dem ich vor dem Putsch war.

Erst im Dezember wurden ich und vierzehn meiner Freunde mit einer Eskorte von hundert Polizisten auf verschiedene Gefängnisse des Landes verteilt. Man hat mich in eines mit Halbfreiheit verlegt. Den Grund habe ich erst später begriffen. In diesem halboffenen Gefängnis waren die Faschisten in der Mehrheit. Man hatte sich vielleicht vorgestellt, ich würde das Opfer eines Attentats von anderen Mitgefangenen. Doch nach und nach gelang es mir wieder, gewisse Privilegien zu gewinnen und die Mitgefangenen auch davon profitieren zu lassen. Der 12. September hat für mich also keine allzu große Änderung gebracht. Nur einen Ortswechsel.

Es war nicht einfach. Kein Gefängnisdirektor wollte mich haben. Man hat mich sogar drei Monate in einem Spital in Istanbul untergebracht, um ein Gefängnis zu finden, das mich aufnehmen würde.

Es ist noch zu früh dafür, öffentlich über meine Flucht zu reden.

Index

Fotonachweis

Institut Kurde de Paris, France
S. 179, 180

**Bruno und Edi Hubschmid,
Zürich, Schweiz**
Buchumschlag und S. 13, 18, 20,
21, 24, 43, 46, 47, 48, 49, 50, 51,
52, 53, 54-55, 56, 59, 60, 63, 64,
65, 66, 68, 70, 71, 73, 74, 75, 76,
79, 85, 88, 89, 93, 94, 97, 104, 107,
112, 115, 118, 119, 121, 122, 124,
126, 127, 130, 131, 132, 133, 134,
135, 136, 137, 139, 140-141, 142,
143, 144, 145, 146, 147, 148, 150,
151, 152, 154, 156, 157, 158, 159,
160-161, 162, 163, 164, 170, 171,
173, 178, 181, 183, 184, 185, 192,
193, 198, 207

**Jean-Luc Metzger, Lausanne,
Schweiz**
S. 102, 104

Art Ringger, Zürich, Schweiz
S. 128

Hüseyin Tabac, Deutschland
S. 141

Elizabeth Waelchli, Genf, Schweiz
S. 98, 99, 100, 101

Tahir Yüksel, Türkei
S. 25, 26, 27, 28, 29, 30, 31, 32,
33, 34, 35, 36, 37, 38, 39, 40,
41, 44, 57, 58, 59, 95, 103, 149,
168, 176

Fotos aus dem Film YOL
S. 8–9, 10–11, 70, 84, 113,
162, 201, 208, 209

Adobe Stock
S. 17, 19, 22-23, 78, 83, 87,
116-117, 177

Alamy Stock
S. 67, 82, 107, 188, 189

Bildmaterial aus dem Internet
S. 4, 7, 62, 72, 81, 90, 92,
110, 111, 123, 165, 166, 167,
169, 182, 190, 191, 196,
197, 200, 202, 203, 204

Glossar

A

Quelle:
Wikipedia

Außendepartements (EDA) Das Eidgenössische Departement für auswärtige Angelegenheiten EDA, ist eines der sieben Departemente der Schweizer Landesregierung, des Bundesrats.

Automatischen Förderung Auch erfolgsabhängige Filmförderung genannt. Nebst der selektiven Projektförderung gibt es in den meisten europäischen Ländern eine erfolgsabhängige Projektförderung in Form einer jährlichen, automatischen Prämie. «Erfolg» gemäss diesen Reglementen setzt sich meistens aus zwei Faktoren zusammen, die gleichwertig zu gewichten sind: dem «Kinoerfolg» und dem «Festivalerfolg». Im Rahmen der Erfolgsförderung werden ausschließlich Gutschriften gewährt, die zwingend in neue Filmprojekte investiert werden müssen.

B

Bankgeheimnis in der Schweiz Das Schweizer Bankgeheimnis, auch Bankkundengeheimnis genannt, ist eine gesetzliche Verpflichtung der Banken, die ökonomische Privatsphäre der Kunden gegenüber Dritten zu bewahren und sicherzustellen. Den Banken und im Speziellen deren Mitarbeitern wird vorgeschrieben, keine kundenbezogenen Bankinformationen preiszugeben. Am 6. Mai 2014 ist die Schweiz der Erklärung der OECD über den künftigen automatischen Informationsaustausch in Steuerangelegenheiten beigetreten.

Bayram Bayram ist die türkische Bezeichnung für Feiertage. Es bezeichnet sowohl die religiösen Feiertage wie Ramazan Bayramı (auch Şeker Bayramı) und den Kurban Bayramı als auch die staatlichen Feiertage.

Bergier-Bericht
→ Flüchtlings-, Asylpolitik
→ nachrichtenlose Vermögen
→ Nazi-Gold-Affäre
Bergier-Bericht wird der Schlussbericht der Unabhängigen Expertenkommission Schweiz – Zweiter Weltkrieg genannt, welcher die historische und rechtliche Aufarbeitung der während des Zweiten Weltkriegs in die Schweiz gelangten Vermögenswerte durch eine internationale Historikerkommission zusammenfasst.

Bundesamtes für Kultur (BAK) Das BAK ist Teil des Eidgenössische Departement des Innern EDI und eines der sieben Departemente der Schweizer Landesregierung. Die für den Film zuständige Abteilung nennt sich «Sektion Film».

C

Carnet ATA Ein Carnet ATA ist ein von 75 Ländern (darunter alle Staaten der EU)
vertraglich anerkanntes Zolldokument, das die Abfertigung bei einer vor-
übergehenden Einfuhr von Waren im Rahmen des ATA-Übereinkommens
vereinfacht und beschleunigt.

CNC Das Centre national du cinéma et de l'image animée (CNC) ist die staatliche
französische Filmförderungsbehörde und untersteht dem französischen
Kulturministerium.

D

Découpage Der unsichtbare Schnitt (auch «découpage classique», «continuity
editing») ist die vorherrschende Montageform im Classical Hollywood.
Sie wird auch «classical narration» genannt. Ihr Ziel ist es, dem Zuschauer
so wenig wie möglich bewusst werden zu lassen, dass es sich um einen
Film handelt. Der Zuschauer soll sich allein auf die Handlung konzentrieren
können. Hierzu müssen einige Regeln befolgt werden: Zum Beispiel ein
fließender, stufenweiser Übergang von Einstellungsgrößen, der Beginn einer
Szene wird mit einem «establishing shot» (Totale) eingeführt, Dialog-
szenen werden im Schuss-Gegenschuss-Verfahren aufgenommen usw.
Der unsichtbare Schnitt ist also nicht unsichtbar, sondern soll vom Zuschauer
nur nicht bewusst wahrgenommen werden, sodass der Eindruck eines
ununterbrochenen Geschehensflusses entsteht.

Dingi Das Dingi (auch Dinghi oder Dinghy sind gebräuchlich) ist ein kleines
Beiboot, das von einer einzelnen Person bedient werden kann. Es wird entweder mit einem Außenbordmotor oder mit Riemen angetrieben.

Direktton Beim «Direktton-Aufnahme-Verfahren» wird speziell darauf geachtet,
dass der Ton möglichst «sauber» registriert werden kann. Ein Dialog
sollte nicht durch Autogeräusche oder Flugzeuglärm beeinträchtigt werden.
Gleich nach der Aufnahme wird der Tonmeister gefragt, ob die Aufnahme in Ordnung ist. Wenn nicht, wird die Aufnahme wiederholt. Deshalb hört man am Set den Ausruf: «Ruhe bitte!».

F

Filmfestival von Nyon Das größte Filmfestival der Westschweiz ist Visions du Réel
in Nyon und ist auf Dokumentarfilme spezialisiert. Es besteht seit 1969
und stellt den Anspruch, ein Bindeglied zwischen der französisch- und der
deutschsprachigen Kultur zu sein.

Filmmaker's Cut
→ Der Director's Cut
→ Final Cut
Der Begriff Filmmaker's Cut ist nicht üblich. Der Director's Cut ist der anerkannte Begriff. Es ist die Schnittversion eines Spielfilms, mit welcher der Filmregisseur (engl. Director) seine persönliche künstlerische Intention umsetzt. Bei Berücksichtigung von nicht verwendetem Filmmaterial wird ein Director's Cut auch als Redux bezeichnet, z. B. APOCALYPSE NOW REDUX von Francis Ford Coppola. Der Begriff Final Cut (dt. endgültiger Schnitt) ist die Bezeichnung für die letzten und somit endgültigen Szenemontagen eines Filmes. Nach dem Final Cut ist die primäre und künstlerische Produktion eines Filmes abgeschlossen. Vor allem in Europa verfügen die Regisseure über den Final Cut. In Amerika hat jedoch das produzierende Studio den Final Cut. Doch es gibt berühmte Ausnahmen, wie z. B. Alfred Hitchcock, Stanley Kubrick, David Lynch, Oliver Stone oder die Coen-Brüder.

Filmmarkt Die meisten großen Festivals (Cannes, Berlin, Venedig) betreiben ebenfalls einen «Filmmarkt». Dort kann jeder Produzent, Verkäufer oder Verleiher seine Filme den potenziellen Einkäufern in kleinen Sälen vorführen.

Flüchtlings- und Asylpolitik Als Flüchtlingspolitik wird die Gesamtheit der rechtlichen Vorgaben und der Praxis des Umgangs von Staaten und Staatengruppen mit Flüchtlingen und Asylbewerbern bezeichnet, die in die betreffenden Gebiete einreisen oder sich dort aufhalten wollen. Grundlagen der Flüchtlingspolitik sind heute völkerrechtliche sowie im jeweiligen Staat gültige verfassungsrechtliche Rahmenbedingungen. Die Schweiz geht den völkerrechtlichen Verpflichtungen gemäß Genfer Flüchtlingskonvention nach. Rechtsgrundlage ist das Asylgesetz (AsylG).

I

Interpol-Haftbefehl Ein Haftbefehl ist die meist schriftliche Anordnung eines staatlichen Organs (meist eines Gerichts), einen Menschen in Haft zu nehmen. Ein internationaler Haftbefehl ist kein eigener «Haftbefehl», sondern ein Untersuchungs-/Vollstreckungs-Haftbefehl, der einen Antrag auf Auslieferung für den Fall der Festnahme im Ausland beinhaltet.

L

La Bande Rythmo Vor allem in Frankreich wird bei der Nachsynchronisation ein System angewandt, das man «bande rythmo» nennt. Der Text auf dem Blankfilm wird unterhalb der Leinwand projeziert, das dem Sprecher hilft, während der Aufnahme den Dialog lippensynchron zu sprechen.

Lippensynchrone Als Synchronisation bezeichnet man in der Filmproduktion das Herstellen eines zeitlichen Gleichlaufs zwischen Bild und Ton. Wird in der Postproduktion die sprachliche Ebene des Soundtracks nachbearbeitet, so bezeichnet man diesen Prozess als Automatic Dialogue Recording (ADR) oder Sprachsynchron. Die häufigste Bedeutung von Filmsynchronisation im alltäglichen Sprachgebrauch ist das nachträgliche Ersetzen aller Sprechparts durch Dialoge in eine andere Sprache, die auf die Mundbewegungen und Gestik der Originalschauspieler abgestimmt sind. Die türkische Originalfassung des Films YOL wurde auf diese Weise hergestellt.

M

Machtübernahme der Militärs Der Militärputsch in der Türkei 1980 war der dritte Militärputsch in der türkischen Geschichte. Er wurde am 12. September 1980 unter Leitung des Generalstabschefs Kenan Evren durchgeführt.

McCarthy-Ära McCarthy-Ära (auch: McCarthyismus), benannt nach dem US-amerikanischen Senator Joseph McCarthy, bezeichnet einen Zeitabschnitt der jüngeren Geschichte der Vereinigten Staaten in der Anfangsphase des Kalten Krieges. Sie war durch einen Antikommunismus und durch Verschwörungstheorien geprägt. Obwohl McCarthy nur von 1950 bis 1955 öffentlich in Erscheinung trat, wird der gesamte Zeitraum der Verfolgung echter oder vermeintlicher Kommunisten und deren Sympathisanten von 1947 bis etwa 1956 als McCarthy-Ära bezeichnet. Berühmteste Opfer dieser Säuberung waren Charlie Chaplin und Orson Wells.

N

Nachrichtenlose Vermögen
→ siehe Bergier-Bericht

Nansen-Pass Der Nansen-Pass ist ein Reisepass für staatenlose Flüchtlinge und Emigranten. Er wurde 1922 nach dem Ersten Weltkrieg vom Hochkommissar des Völkerbundes für Flüchtlingsfragen Fridtjof Nansen für russische Flüchtlinge entworfen. Er wurde dafür und für seine Hilfsaktion in den Hungergebieten der Sowjetunion noch im selben Jahr mit dem Friedensnobelpreis ausgezeichnet. Der Nansen-Pass wurde zunächst von 31, später von 53 Staaten anerkannt.

Nazi-Gold-Affäre Das Verfahren um die Vermögenswerte der jüdischen Opfer
bei Schweizer Banken war ein Wiedergutmachungsprozess zur Ent-
schädigung verlorener jüdischer Vermögen in der Schweiz in der Zeit
von 1933 bis 1945.
Die Banken weigerten sich auf die Forderungen einzugehen und begründeten ihre Haltung mit einer Entschädigungszahlung von 1946/47 von
250 Mio. Schweizer Franken und der bisherigen Freigabe von 55 000 Konten.
1998 einigten sich die Schweizer Banken UBS und Credit Suisse in
einem Verfahren vor dem U.S. District Court in Brooklyn, New York, gegen
die Schweizer Banken auf eine Globallösung von 1,25 Mrd. US-Dollar.

Nullkopie Nullkopie (englisch answer print) ist ein Fachausdruck aus der Film-
postproduktion und beschreibt das erste Positiv zur Licht-, Farb- und
Schnittbestimmung. Die Nullkopie ist bei analogem Film die erste Kopie
vom Kameranegativ, in der Licht und Farbe bestimmt sind, und entspricht
der Endfassung des Schnitts, von der die Filmkopien gezogen werden.

O

Originaltonaufnahmen
→ siehe Direktton

P

Parallelmontagen Eine Parallelmontage bzw. Kreuzschnitt oder Wechselschnitt
(engl. cross-cutting) ist eine Technik der Filmmontage, bei der wiederholt zwischen zwei oder mehreren Handlungslinien eines Filmes hin- und
hergeschnitten wird.
Parallelmontagen stellen einen Zusammenhang zwischen zwei oder mehreren
selbsständigen räumlich disparaten Handlungssegmenten dar. Allerdings
kann der Kreuzschnitt auch Handlungen, die zu verschiedenen Zeiten statt-
finden, zusammenführen und dadurch eine emotionale Verbindung herstellen. Parallelmontagen dienen somit zumeist der Spannungssteigerung.

Plattform und Drehscheibe für das organisierte Verbrechen
→ siehe Bankgeheimnis in der Schweiz

PLO Die Palästinensische Befreiungsorganisation, kurz PLO (Palestine Liberation
Organization) ist eine Dachorganisation verschiedener nationalistischer
Fraktionen, die die Vertretung aller Palästinenser, auch der im arabischen
und im nichtmuslimischen Exil, anstrebt. Die weitaus stärkste Fraktion
ist die Fatah.

R

Regime der Obristen Griechische Militärdiktatur 1967 bis 1974 oder «Das Regime
der Obristen ist die Bezeichnungen für das Militär-Regime, welches
Griechenland von 1967 bis Juli 1974 beherrschte. Am Morgen des 21. April
1967 putschte das Militär und übernahm die Macht. Das Regime konnte
sich im Zusammenhang des Nahost-Konflikts und der militärischen Bedeutung Griechenlands für die NATO und die USA vorübergehend stabili-
sieren. Nach einem Putschversuch zur Machtübernahme auf Zypern 1974
verlor die Junta jede internationale Duldung und die Unterstützung im
eigenen Offizierskorps und wurde zum Rücktritt gezwungen.

Rütlischwur

→ WillhelmTell

Der Rütlischwur ist ein Element einer Geschichtserzählung des ausgehenden
15. Jahrhunderts, die als Gründungslegende der Alten Eidgenossenschaft
eine wichtige Rolle spielte, und wurde seit dem 19. Jahrhundert als National-
mythos der modernen Schweiz aufgebaut. Ende des 19. Jahrhunderts wurde
eine auf Anfang August 1291 datierte Urkunde als «Bundesbrief» in den Rang
eines «Gründungsdokuments» der Eidgenossenschaft erhoben.

S

Schweizer Identitätskarte Identitätskarte ist die amtliche Bezeichnung des
in den 1940er-Jahren eingeführten Personalausweises. Die Identitätskarte
ist ein «weniger starkes» Dokument als der Pass, sie erfüllt aber in vielen
Bereichen den gleichen Zweck.

Silberner Bär Der mit dem Silbernen Bären prämierte Preis der Jury zeichnet
bei den jährlich veranstalteten Filmfestspielen von Berlin nach dem
Goldenen Bären den zweitbesten Film des Wettbewerbs aus. Über die
Vergabe stimmt die internationale Filmjury ab, die sich meist aus internationalen Filmschaffenden zusammensetzt.

Steenbeck Der Schneidetisch war früher Arbeitsplatz und Werkzeug des Film-
editors oder Schnittmeisters bei der Montage eines Filmes. Durch den
Siegeszug der Digitalen Medien zum Beginn des 21. Jahrhunderts, ist
der klassische Filmschneidetisch aus den modernen Produktionsabläu-
fen völlig verschwunden, kommt aber in Archiven noch zum Einsatz.
Das verwandte Wort Schnittplatz wird weiter benutzt, nun in Bezug auf
die computergestützten Arbeitsplätze des modernen Editors.

T

Tonvormix Beim Film wird unter Abmischung im weiteren Sinne die gegenseitige
Abstimmung der Tonspuren (Dialoge, Geräusche, Musik, Soundeffekte
und Effektgeräusche) und im engeren Sinne die Mischung der vielen Toninformationen zu einem Masterband und die Verbindung der Tonspuren
mit der Masterkassette verstanden. Als Mischung (engl. «mix» oder
«re-recording») wird bei der Filmproduktion der Prozess bezeichnet, bei
dem aus den verschiedenen Toninformationen, die bei der Entstehung
eines Films zustande kamen, ein Masterband hergestellt wird. Hierfür
werden insbesondere Atmosphäre, Originalton, Synchronisation oder Soundeffekte zusammengeführt. Als Vormischung («premix») wird die Zusammenführung mehrerer Spuren des gleichen Tontyps (Geräusch, Sprache,
Musik) bezeichnet, Endmischung («final mix») ist die Zusammenführung
der vorgemischten Spuren mit den Musikspuren.

W

Waffenexporte Das schweizerische Exportverbot während des 1936 ausgebrochenen
Spanischen Bürgerkrieges wurde mit der Ausfuhr über Mexiko umgangen.
Übereinstimmend beurteilt die Forschung heute die Aufforderung des Bundes
an E. G. Bührle, Inhaber der Waffenfabrik Oerlikon (WO), zur Lieferung
an Deutschland als Verletzung des Neutralitätsrechtes. Die Schweiz war von
Nazi-Deutschland nach der Eroberung Frankreichs und vollständigen
faschistischen Umzingelung unter Druck gesetzt worden, sämtliches für das
Ausland produzierte Kriegsmaterial an die Achsenmächte zu liefern. Die
Geschäftstätigkeit der WO mit den Ländern der Achse – Deutschland, Italien
und Rumänien – erreichte in den Jahren 1940 bis 1944 einen Gesamtum-
fang von 543,4 Millionen Schweizer Franken (teuerungsbereinigt heute ungefähr 2 Milliarden Franken).
Zwischen 1963 und 1968 verletzte der Konzern die Ausfuhrverbote des Bundes-
rates für Kriegsmaterial, indem er die in Konflikte verwickelten Länder
Nigeria, Südafrika, Malaysia, Israel, Saudi-Arabien, Ägypten und Libanon mit
Waffen belieferte. Die nötigen Ausfuhrbewilligungen erlangte Oerlikon-
Bührle mit Gesuchen, die falsche Bestimmungsländer angaben. Diese Praxis
wurde 1968 publik, nachdem Medien über Oerlikon-Kanonen im nigeria-
nischen Bürgerkrieg berichteten. 1970 wurden Dieter Bührle und drei
Mitangeklagte zu bedingten Gefängnisstrafen zwischen 8 und 18 Monaten
und einer Busse von 200 000 Franken verurteilt. 1973 trat eine restrikti-
vere Waffenexportgesetzgebung in Kraft. Der Film GLUT von Thomas Koerfer,
1983, Produktion Cactus Films, mit Armin Mueller-Stahl, Katarina Thalbach,

Kristina Janda, Sigfrit Steiner, Matthias Habich, behandelte zum ersten und einzigen Mal in einem Spielfilm die Thematik der schweizerischen Waffenexporte während des Zweiten Weltkriegs. Der Film erlebte seine Uraufführung am Festival von Venedig, 1983.

Wilhelm Tell

→ Rütlischwur

Wilhelm Tell ist die Legende eines Schweizer Freiheitskämpfers. Seine Geschichte spielt in der heutigen Zentralschweiz und wird auf das Jahr 1307 datiert. Der Dichter Friedrich Schiller verfasste in seiner späten Schaffensphase auf Anregung Göthes das gleichnamige Bühnenwerk. Seit dem 15. Jahrhundert erwähnt, wurde er zu einer zentralen Identifikationsfigur verschiedener, sowohl konservativer als auch progressiver Kreise der Eidgenossenschaft. Seit Ende des 19. Jahrhunderts gilt Tell als der Nationalheld der Schweiz. Eidgenossenschaft.

Z

Zivilgesetzbuch (ZGB) Das Schweizerische Zivilgesetzbuch (ZGB) ist die Kodifikation der zentralen Teile des schweizerischen Privatrechts. 1926 diente es Kemal Atatürk, dem Vater der modernen Türkei, als Vorbild für das neue Gesetzeswerk seines Landes. Die am Koran orientierte Rechtsprechung wurde durch das Schweizer Zivilrecht mit nur unbedeutenden Anpassungen übernommen.

0 – 9

35-mm-Blankfilm Unter Blankfilm versteht man einen durchsichtigen 35mm-Film, der sich beschreiben lässt. Er wird auch als AMORCE (Vorlaufband, Filmanfang) verwendet.

Mein Dank geht an

Felix Aeppli, meinen Berater, der mit präzisem und scharfem Blick die Entwicklung
des Manuskripts verfolgte.

Christoph Schelhammer, der mit cinéphilem Verständnis das Lektorat / Korrektorat
besorgte.

Hans Liechti, Anton Moos und Fredi Fehlmann, die mir dank ihrer sorgfältigen Lektüre
im Zwischenstadium der Schreibarbeit wertvolle Anregungen vermittelten.

Clerici Partner Design mit Gabriel Grüter, Aldo Clerici und Ruth Rindlisbacher,
die Konzept, Layout und Grafik mit Leidenschaft erstellten.

Jean-Luc Metzger und das Institut Kurde de Paris für das Zurverfügungstellen
der Fotonegative.

Ein ganz spezieller Dank geht an Elizabeth Waelchli, die nicht nur Fotos, sondern
auch wertvolles Material für das Archiv zur Verfügung stellte, unter
anderem das Drehbuch von YOL auf Englisch mit allen Notizen aus der
Zeit der Montagephase.

An den Übersetzer Peter Palliser, der – zweisprachig aufgewachsen – die englische
und französische Übersetzung mit einer Sorgfalt und Genauigkeit vornahm,
die mich erstaunte. Er liess mir auch die Wahl zwischen amerikanischem oder
englischem Englisch. Ich entschied mich für das Amerikanische. So kann
ich getrost sagen, dass die englische Version eigentlich besser wurde als das
deutsche Original, da sie vom Autor (-Übersetzer) Peter Palliser stammt.

Den Übersetzer Husên Duzen, der in sehr kurzer Zeit die kurdische und türkische
Übersetzung besorgte und dabei sehr präzise und sorgfältig vorging.
Während dieser Arbeit tauchten immer wieder wichtige Fragen auf, die zur
Folge hatten, dass mein Manuskript noch verbessert werden konnte.

Tahir Yüksel und Hüseyin Tabac, die mir aus ihrem großen Fotoarchiv die histori-
schen Fotos von Yılmaz Güney unentgeltlich zur Verfügung stellten.

Autor

Edi Hubschmid begann seine Karriere in der Filmbranche in den
70er-Jahren als Aufnahme- und Produktionsleiter und Regie-Assistent.
So war er als freischaffender Filmtechniker an schweizerischen, deutschen,
französischen und amerikanischen Spielfilmen beteiligt.

1979 – 1984 als Mitbegründer der Cactus Film AG
und (Co-)Produzent bei folgenden Filmen u.a.:
Der Gemeindepräsident von Berni Giger
Glut von Thomas Koerfer,
Chapiteau von Johannes Flütsch,
YOL von Yılmaz Güney (Goldene Palme Cannes 1982
und Zürcher Filmpreis 1983).

Nach der Gründung der eigenen Produktionsgesellschaft 1985,
der Edi Hubschmid AG, war er auch ausführender Produzent
für Condor-Films, u.a.:
Der Grüne Heinrich von Thomas Koerfer,
The Lost Daughter von Roger Cardinal,
The Dybbuk of the Holy Apple Field von Yossi Somer.

Eigenproduktionen:
Der Nebelläufer von Jörg Helbling,
Liebeserklärung von Georg Janett, Ursula Bischof und Edi Hubschmid,
Leo Sonnyboy von Rolf Lyssy.

1999 – 2005 Mitbegründer der C-Films AG und produzierte:
Spuren im Eis von Walter Weber,
Das Mädchen aus der Fremde von Peter Reichenbach und Peter Indergand,
Azzurro von Denis Rabaglia.

Seit 2005 und dem Verkauf der Aktienanteile der C-Films AG
ist er als Berater tätig, z.B. bei Projekten wie:
180 Grad von China Inan
Marcello, Marcello von Denis Rabaglia.

Daneben begann er Drehbücher zu schreiben:
Kleine Fische, verfilmt von Petra Volpe,
Typical Swiss, Drehbuch für ein Schweizer Film-Musical (Projekt)
Forbidden Drehbuch (Projekt).

Vollständige Filmografie auf www.imdb.com und www.yol-the-book.com.

Impressum

YOL – Der Weg ins Exil. Das Buch
© Edi Hubschmid, März 2017

ISBN 978-3-907317-00-6
4. Auflage, Oktober 2020

Gestaltungskonzept, Layout, Lithografie Clerici Partner Design,
Zürich, clerici-partner.ch
Schriften Marat von Ludwig Übele, ludwigtype.de,
Lab Grotesque, SDL & Göran Söderström, lettersfromsweden.se
Übersetzungen Husen Duzen, Hamburg; Peter Palliser, East Massachusetts
Korrektorat Marlis Boeschenstein, Biel-Bienne

Druck und Vertrieb BoD – Books on Demand, Norderstedt, bod.com
Verlag UMUT EDITIONS, Zürich, www.umut-editions.com,
www.yol-the-book.com